新潮文庫

獣の戯れ

三島由紀夫著

新潮社版

1734

獣の戯(たわむ)れ

序章

この写真が最後のいたましい事件の数日前に撮られたものだと想像することはむずかしい。三人は実に平和なたのしげな顔をしている。信じ合った人間同士の顔はこういうものだと語っているようにしか見えない。写真はすぐさま泰泉寺の和尚に贈られ、和尚は今でもその一葉を大事に持っている。

　船具倉庫の岸壁の上、夏の強い光りの下で、海の反映をも下から受けながら、草門逸平は白絣の浴衣、優子は白のワンピース、幸二は白のポロシャツに白ズボンといういでたちだから、画面は白一色のうちに日に灼けた顔だけが浮き出ていて、鮮明にはちがいないが、かすかな動揺が画面を充たし、こころもち焦点のぼけた感じを与える。それはそうである。何故ならこれはカメラを船頭の手に託して、いかに凪いでいても多少の動揺を免かれない小舟の上から写させたのであるから。

　そこは西伊豆の伊呂という小さな漁港で、港は深い入江の東側にある。山に接した西側では、入江はなおいくつもの小さな触手を伸ばし、それらがおのおの山懐ろに抱かれて、造船工場、と云ってもごく小規模なものや、貯油タンクや、網具その他の船具を納める二三棟の倉庫などを控えている。そして工場から貯油タンクへ、タンクから倉庫へと、陸の道は通じていず、舟でゆききするほかはないのである。

三人が港から小舟を出して、写真を撮らせるために上った岸壁は、その倉庫の岸壁であった。

「あそこがいいわよ。あそこで撮りましょうよ」

と小舟の上でパラソルを肩に架して、優子は遠くから、すでにそこを指呼していた。

八月の休漁期はあらかたおわり、多くは北海道三陸方面のさんま漁へ出漁しはじめていたので、一週間前に比べると、港の船の数はずいぶん減っていた。そこで小さな入江の海面も、俄かにひろびろと眺められた。

去ったのは漁夫ばかりではない。休暇をとって来ていた自衛隊の清も、帝国楽器の女工をしている喜美も、さんま漁に出た松吉と同様、ふるさとの村を去って、浜松へ帰ってしまった。夏の短いロマンスはみな終り、胴に英字を刻まれた新品のウクレレも、今は自衛隊宿舎の清の膝に抱かれている筈である。

——逸平を幸二が扶け上げて、倉庫の岸壁へ三人が上ると、烈しい残暑の日に晒されたそこのコンクリートの一劃(いっかく)は、今まで保っていた微妙な秩序を、人間の全然与(あずか)らない物品だけの詩的配列を、たちまちかきみだされたように見えた。

倉庫の前の、竹で組みなした網干場とそれにぞんざいに懸けられた網は、そこの風景の恰好(かっこう)な額縁になっていた。横たわった檣(ほばしら)、うねっている纜(ともづな)、……すべてが航海の記憶と、劇(はげ)しい労役のあとの休息のさまを示して静まっていた。しんとした日光のなかの微風の息づかい、空いろのペンキを塗った倉庫の大戸、倉庫の各棟のあいだには夏草が高く生い茂り、蜘蛛(くも)の巣も草間にかかり、コンクリートの亀裂(きれつ)から荒地野菊の白い花々が秀(ひい)でている。赤錆(あかさ)びたレエルの断片、錆びたワイヤー、生簀(いけす)の蓋(ふた)、小さな梯子(はしご)など。

そこは怖(おそ)ろしいほど静かで、立って見下ろす海面には雲や山の影がのどかに映り、殊(こと)に岸壁のちかくの水は澄明(ちょうめい)で、藻(も)のあわいをすぎる小魚の群をあきらかに見せ、夏雲の白い影は、岸ちかくでは千々(ちぢ)に乱れている。

優子は地面に干された網の上を歩きながら、まばゆく反射するコンクリートに点々と落ちている血の跡のようなものを見て立止った。幸二がすぐ察してこう言った。

「なあにペンキだよ。何かに塗ったときこぼれたやつだ」

実際それは紅殻(べにがら)いろのペンキの点滴にすぎなかった。そして優子のパラソルの神経質に揺れ動く影がその上をよぎるとき、ペンキの滴の跡は、黒ずんだ赤になった。

「そこでいい」

と若い幸二が主人顔で指図をして、逸平と優子を第一の倉庫の前に並ばせた。網が下半身を隠してしまう、と優子が苦情を言った。

「それがいいんだ。そのほうが芸術的なんだ。それに俺たちは、網にかかった三匹の魚だよ」

と幸二はぞんざいに言って、肩からカメラを外して調節をはじめた。ほんとうに幸二の言うとおりだ、と優子は思った。三人は罪の網にかかった三匹の魚だ……。

逸平はそこへ並ぶまで、いつものとおり微笑をうかべて、いつものとおり言われるままに動いた。

瘦軀だが整った顔の色艶はまことに健康で、右足を跛を引いて歩くほかに、何ともいえずだるそうなのろい挙措が、時には優雅にさえ見えるこの四十男は、細君の丹精のおかげで、足の指の股まで清潔だった。仔細に見れば、そのとめどもない微笑も、たえず何かに戸惑っていて、仕方なしに身についた表情だとわかる。妻の優子が十分気をつけているのに、浴衣の着つけ、兵児帯の締め具合が、何となく今にもずり落ちそうに見える。体が着物に馴染まず、というよりは着物を着ようという意志が別にないので、体と着物がめいめい勝手な方角へ動いてゆくという感じなのである。

優子は良人を支えながら、眩しげにカメラのほうへ顔を向けた。日のまともに射したその顔は起伏を失い、白いうつろな鏡面のようになった。

優子は丸顔で、大まかな花やかな顔立ちのわりに、唇だけが薄い。化粧一つでどんな苦悩をも包み隠してしまうことができそうだが、暑さに喘いでいる口もとが、何かひっそりと、見えない苦悩の焰を吐いているような感じがする。つまり、要するに優子は、苦悩を隠すようには生れついていない。大きな潤んだ目や、豊かな頰や、やわらかい耳朶や、幸二にこたえる屈託なげな微笑までが、いわば苦悩の証しなのである。ただ、どこから見ても優子の、疲れているようには見えないことが、苦悩に対する手強い持久力を語っていた。

「まだなの」

と優子はパラソルを畳みながら、持ち前の、酸えた花でいっぱいな小部屋の息苦しい空気を思わせる、こもった艶な声で訊いた。

幸二は岸壁から手をのばして、舟の上の老いた船頭の定次郎にカメラを渡し、シャッターの操作を教えた。半ズボンだけの黒い裸の定次郎は、タオルの鉢巻を巻いた頭を、あたかも硝子箱(ガラス)で水中の魚を探すような仕草で、カメラのファインダーの上へうつむけた。

倉庫の前の夫婦のかたわらへ飛び寄ってくる幸二の身のこなしはまことに敏捷(びんしょう)だった。それは彼の白いポロシャツと白ズボンの一線を、鋼線のようにしなわせて弾(はじ)いたかのようだった。彼は優子のかたわらに来て、ごく自然に、優子のなめらかな肩に腕を廻(まわ)した。すると優子もごく自然な配慮で、自分の左側にいる良人の右手を、自分の肩へかけさせた。

「まぶしいな」

と幸二が言った。

「もう一寸(ちょっと)の辛抱だわ」

「そうだな。もう一寸の辛抱だ」

優子は鳩(はと)のような含み笑いをして、写真に写る顔をこわすまいと努めながら、薄い唇をあまりひらかずにこう言った。

「お墓もこんなふうにして、三人並んで建てたらどんなにいいでしょう」

それがよくききとれなかったものか、男二人の返事はなかった。

眼下の舟の上で、定次郎はまだ念入りにカメラを構えていた。舟の動揺に逆らおうとして踏みしめている両足の力が、老いた漁師の肩の筋肉を盛り上らせて、その隆起を日に輝やかせているのがよく見えた。

こんなに静かなのに、水のぞめきが空気に緻密に織り込まれていて、シャッターの音は三人の耳にきこえなかった。

＊＊＊

伊呂村は純然たる漁村であるが、山にちかい東側には多少の田畑がひろがっている。郵便局の前をしばらく行くと家並が途絶え、道はまっすぐに村社へ向って田の間をゆく。その途中で右折すると、山腹に累々と建てられた新墓地へ、一本道が次第に勾配を加えて高まるのである。

墓地の山の麓には小川が流れ、墓はその川ぞいにはじまって、中腹まで複雑に重なり合っている。そして低地の墓ほど石も大きく造りも立派である。そこから道は細径になって、石ころだらけになり、墓の各列の前をジグザグに昇ってゆく。墓前の石垣は崩れかけ、夏草の勁い根が、頽れた石の隙に頑なに張っている。灼けた石に蜻蛉が、乾ききった翅を展げて、標本のように止っている。どこかで薬のような匂いがする。

花立ての水が酸えているのである。この土地では、竹筒や石をそれに使わず、半ば土に埋めた酒徳利やビール罎に、枯れた樒の枝を挿したのが多い。夏の日没前にここまで登って、夥しい藪蚊を我慢すれば、伊呂村の全景を眺めるのに具合がいい。

眼下の青田のむこうには泰泉寺が見え、さらに彼方の南むきの山腹には、今は主のない草門温室のこわれた硝子が光りを放ってみえる。そのかたわらに無住の家になった草門家の瓦屋根がみえる。

西のかた伊呂湾の港へ、燈台の前をよぎって黒い貨物船が入ってくる。それは多分大阪の小さな貨物船で、土肥の鉱山から鉱石を運んできて、しばらく伊呂に船泊りをするのである。船の檣は屋根屋根のむこうを静かに辷って来て、燈台のあかりよりも愁わしげに明るい夕方の海面は、ここからは細い帯にしか見えない。

村のどこかの家のテレビの音がはっきりときこえる。漁業組合の拡声器の声が四囲の山腹に谺する。

「小倉丸の乗組員に連絡します。明日朝食後船の仕度をしますからすぐ来て下さい」

……こうして夜の下りて来る気配は、刻々きらめきを増す燈台の光りで測られる。

墓石の字は辛うじて読みとれるくらいになる。草門家の墓を、多くの錯雑した墓の片隅に見出すのはむずかしい。それは村人の大方の反対を押しきって、泰泉寺の和尚が、託されたとおりに託された金で建てたものだが、山腹の浅い凹みに、いかにも身をちぢめて、三つの小さな新らしい墓石が並んでいる。右のは逸平の墓である。左のは幸二の墓である。中央のは優子の墓だが、それが薄暮のなかでも愛らしく多少花やいでみえるのは、墓とはいいながら優子のだけは寿蔵であって、戒名に朱が入っているからである。

しかしこの朱はまだなまなましく、あたりが暮れたときに白い墓石の群のなかで、それだけが優子の薄い唇にいつも塗られていた濃い目の口紅のように見える。

第一章

渡り廊下にあざやかに落ちた日の光、と幸二は考える。あれは浴場へ行く渡り廊下の窓ごしに、一枚の白い光沢紙を展(ひろ)げたように落ちていた。彼はそれを愛していた、つつましく、熱烈に。どうしてあんな窓から落ちている日影が好きだったのかわからない。あれは恩寵(おんちょう)であり、実に聖(きよ)らかで、しかも切り殺された幼児の白い体のように寸断されていたのである。

——幸二は上甲板の手摺(てすり)にもたれて、今自分がらくらくと全身に浴びている初夏の朝のゆたかな日光が、遠いところで、今の瞬間も亦(また)、あの小さな貴い寸断された日光につながっているということをふしぎに思う。この日光とあの日光が同質だなどとは信じられないことだ。目前の日光の遍満を辿(たど)ってゆくと、大きなかがやく旗を手繰(たぐ)るように、そして手繰る指先がいつか冷たいばらばらな旗の房に触れるように、あの日光の硬い純潔な房の穂先に到達するのであろうか？　するとあの聖らかな房は、日光の果ての果ての端っこなのか？　それとも実は、目前のゆたかな日光の遠い源泉がその房なのか？

幸二の乗っているのは、沼津を出て西伊豆をまわる第二十竜宮丸という船で、上甲板の背中あわせのベンチはまばらな人に占められており、ズックの日覆が風に鳴っている。岸には黒い城のような奇岩がそそり立ち、その空高く、かがやかしい積雲が乱れている。

幸二の髪は風にうるさく乱れるほどまだ長くない。調って引緊ってはいるが、やや古風な侍風な顔立ち、わりと肉の薄い鼻などが、彼の感情を制御されやすいもののように見せかける。しかしこの顔は隠すことのできる顔だった。俺はよくできた木彫の面のような顔をしている、と機嫌のよいときには思った。

風に逆らって煙草を吸うのは、そんなに旨くない。風がすぐ口もとから、煙の匂いと味わいを奪ってしまう。しかし幸二は口から煙草を離さず、もう何の味も舌に残さず、後頭部に苦い恍惚が兆してくるまで喫みつづけた。沼津を午前九時半に出てから、もう何本喫んでいるかしれない。

彼の目はかがやかしい海の動揺に耐えなかった。外界のひろい眺めは、まだ彼の目にはとらえどころのない、むやみと輝き渡っているよそよそしい物象の連鎖でしかなかった。幸二はもう一度あの窓の日影のことを考えた。

……寸断されていたあの日影。黒い十字で四つに区切られ、さらにその各〻が縦に四つに刻まれていた。あらたかな日光がこうして刻まれているのを見るほど無残なことはなかった。

幸二はそれを愛したが、いつもその傍を群にまじって、足早に通りすぎただけである。そこをすぎると浴場があり、彼らはまず入口の前で列を作って順を待った。浴場の中からは三分おきに陰鬱なブザーが鳴り、それと共にさかんな水音が起った。濁った重い水音、それほど勢いのよい響きを立てるのに湯水のどろりとした朽葉いろを如実に知らせる。

ひろい更衣室の床の、入口のほとりには、緑のペンキで二列横隊に書かれた各列①から⑫までの番号があった。そこに二十四人の男たちは居並んで順を待つ。三分おきのブザー。ざわめく水音。時あって流しに辷って転ぶ肉の音と、ほとばしってはたと止む笑い声。三分おきのブザー。待っていた男たちは一せいに着物を脱ぎ棚に押し入れ、今度は風呂場の入口に臨む二列縦隊の番号の上に立並ぶ。その番号のペンキは黄だった。

幸二は番号のペンキの輪のなかに、自分の裸かの蹠がきっちりと納まるのを見てとった。三分前同じところに立っていた連中は、今は湯槽の中にひたっている。風呂場からあふれ出てくる湯気が、幸二の裸体にかすかにまとわった。自分の胸の下辺の筋肉、そこにわだかまるわずかな胸毛、自分の扁平な腹、その下の入り乱れた色濃い毛に包まれて垂れている恥。萎えしぼんで垂れている恥。それは澱んだ小川の雑多な漂流物にからまった鼠の死骸のようだった。幸二は思った、太陽光線をレンズで収斂して一点の光りの束を得るように、俺は世界中の恥辱を収斂して、このうす汚れた恥辱の束を得たのだと。

　前の男の醜い尻。いつも見えるものは裸の背中と尻だ。目の前の世界は吹出物のある醜い背中と尻に閉ざされていた。その扉は開かない。この汚れた肉の扉は開かない。……三分おきのブザー。さかんな湯水の音。多くの背中と尻が動いて、いっせいに湯殿の湯気のなか、細長い巨大な浴槽のなかへ飛び込んだ。ぬるい臭いどろどろした湯に首まで浸って、みんなの目が担当官の机の上の砂時計をみつめている。三分間の辰砂のこぼれ落ちる細い流れが、湧き立つ湯気のなかに隠見する。入浴、洗身、再浴、出浴、……その入浴という字のところにぼんやりと赤い燈がついている。

　幸二はその砂時計をよくおぼえている。身にまとわりつく粘った湯の臭気と共に、湯気のかなたのかぼそい辰砂の滝が思い出される。繊細な硝子のくびれをとおってそれは一心にこぼれつづけ、とめどもなく自分のなかから自分を喪いつづけ、奇妙に静かな様子をしていた。汚ない湯の中にうかぶ二十四人の丸刈りの頭。男たちのまじめな眼差。湯にひたりながら動物の目のようにまじめであること。……そうだった。刑務所のそこかしこのとるに足らない小さい物象のなかに、ふしぎに澄んだ神聖なものがあった。あの砂時計も神聖だった。

砂がこぼれて尽きる。担当官が釦を押す。又しても陰鬱なブザー。受刑者たちはいっせいに湯から立上り、多くの濡れた毛だらけの腿が簀の子へ踏み出される。このブザーの音には、少しも神聖さがなかった……。

——船が汽笛を二つ鳴らした。

幸二は操舵室のほうへ歩いてゆき、硝子のドアごしに、ブルー・ジンスに半ゴム長の若者が、きらびやかに磨き立てた真鍮の操舵輪をまわしながら、天井から垂れた紐の白い握りを片手で引いて、その汽笛を鳴らす姿を眺めた。船は迂回して、宇久須に入港するところである。

横に長くひろがった灰いろの町。丸い山頂の鳥居の赤い色の一滴。港には鉱石工場の積み下ろしのクレーンが、眩ゆい海へ向って腕をさしのべている。

俺は悔悟した人間で、前とはちがった人間だ、と幸二は考えていた。これはおそらく幾千幾万とくりかえされた考えだった。いつも同じ韻律をもち、いつも同じように響く呪文の言葉、『俺は悔悟した人間で……。』

　こうして目に映る西伊豆海岸の風景の新鮮さも、幸二は自分の悔悟のせいにした。風景自体の新鮮さをみとめるには、山々の緑も雲も、彼の目にあんまり現実離れして見えすぎた。彼にはそれが悔悟した目のせいだと思うほうが容易かったのだ。

　それはある日のこと、刑務所の壁のなか、鉄格子にかこまれた房のなかで、一個の病菌のように彼の体内に巣喰った観念だった。それはたちまち繁殖して、彼の肉体は悔悟でいっぱいになり、汗も悔悟の汗、尿も悔悟の尿になった。若い体の放つ匂いも、悔悟の匂いになったと幸二は信じた。冷えた、陰気な、しかしどこやらに澄みきった光りのある、それでいてひどく肉体的なその匂い。悔悟という獣物の寝藁の匂い。

　——宇久須を出た船は、岸の土がだんだんと黄色味を帯び、そこに点々と緑の松をあしらって、すべてが黄金崎の風景の予兆をなしているあたりにさしかかった。幸二はタラップを下りて船尾へ行った。船員の一人が冗談半分の釣をしており、数人の子供がそのまわりにたかっていた。

　毛鉤にテグスをつけ、これに更に麻紐をつないで、海の遠くへ投る。テグスが一瞬空中に光りをはねちらかして水に沈む。やがて、やいっぱらが釣り上げられる。大鯵に似たその魚は、水に体を叩きつけながら引かれてくる。魚の硬い腹と、硬い水面との、何度かの苛立たしい金属的な接触。……

　幸二は釣り上げられて船員の手中にある魚を、もう見る気がしなかった。

　彼は目を海へ移した。船首の左に、黄金崎の、代赭いろの裸かの断崖が見えはじめた。冲天の日光が断崖の真上からなだれ落ち、こまかい起伏は光りにことごとくまぶされて、平滑な一枚の黄金の板のように見える。断崖の下の海は殊に碧い。異様な鋭い形の岩が身をすり合わせてそそり立ち、そのぐるりにふくらんで迫り上った水が、岩の角々から白い千筋の糸になって流れ落ちた。

　幸二は鷗を見た。すばらしい鳥だった。『俺は悔悟した人間で……』と幸二は又思った。ここを過ぎて第二十竜宮丸は、次の港の伊呂へ向って、沿岸の海路をひたすら走った。

　左手に伊呂湾口の燈台が見えだした。

　燈台のかたわらから細長い湾へ入ってゆくまでは、伊呂の港や家並や山林の景観は、縦に重なり合った平板な絵のようである。この絵はわざとらしいほど濃密で凝結しすぎている。しかし船が湾内へ入るにつれて、あたかもその凝固した絵が湯を注がれて融かされたように、砕氷塔や製氷工場や火の見櫓や家々の屋根のあいだに、みるみる距離感が増し、遠近がほぐれ、入江のまばゆい水面もひろがって、埠頭のコンクリートの白い反射も、もう凝った白蠟の一線ではなくなった。

　出迎えの人たちから少し離れ、倉庫の軒下に空いろのパラソルがうつむいている。彼は自分の飢渇の描いた久しい幻が、そんなに明快な小さな空いろの愛らしい像を結ぶのを信じかねた。彼の飢渇の色が空いろである筈はない。そうとすればあれは悔悟の色だ。……

　幸二には優子が空いろのパラソルをさして迎えに出た意味がよくわかった。

　二年前の夏のあの日にも、優子は同じパラソルをさしていた。夏の病院の前庭での二人の言い争い。情ないあいびき。それからほとんど口をきかない夕食。そのあとで幸二の突然の勝利。優子の屈服。夜九時にあの事件が起きた。……しかし何度思い返しても、優子が空いろのパラソルをさして幸二と一緒に歩いた真昼には、その日のおわりが血みどろの夜におわるような予感はなかった。

　……あの埠頭のパラソルの空いろは、正しく飢渇の色ではなくて、悔悟の色にちがいない。肉体の餓えなら、昨夜沼津で、優子が刑務所長に託してあった金のおかげで、十分充たしてあるといえる。あの金はきっと優子も暗黙のうちに、そう費われるように望んだ金だ。昨夜おそく、彼は又一人女を呼ばせた。女たちは何事かを察しておびえていた。彼の受けたのは一種の恐怖から来た念入りな隈ない愛撫で、朝日をさますと、彼は二人の女にはさまれて眠っていたのに気づいた。宿のカーテンを透かす容赦ない朝の光りの中で、幸二は両手をのばして、あれほど永いあいだ一個のいきいきとした観念として生きつづけたものへ触ってみた。二人の女はいぎたなく眠っていて気づかない。

それは内部へ隠れひそんだ貧しい肉、酒漬けになった百日紅の花、魂の糜爛が肉のすがたを仮りに装っているもの、囚人たちの観念からははるかに遠い無縁の物質にすぎなかった。

⁂

優子は艀から上ってくる幸二に、むかしよりももっと精悍な、いくらか痩せはしても少しも衰えない青年の姿を認めた。彼は胸のあいたシャツに夏の背広を着て、片手には小体な鞄を提げ、片手を快活に振り廻していた。

パラソルを斜めにして、

「お変りなく」

と優子は言った。パラソルの影のために、優子の昔ながらの濃い目の口紅が、暗い葡萄いろがかって照るのを幸二は見た。

「家へ行く前に少し話したいな」

と幸二がやや嗄れた声で言った。

「そうでしょう。私もそう思ったの。でも喫茶店ひとつない村ですものね」

優子は片手のバスケットで軽く輪をえがきながらあたりを見廻した。わずか二三人の到着の客は、出迎えの人たちに囲まれて、足早に埠頭を去りつつあった。第二十竜宮丸は早くも船首を転じて、湾口へ向って動きだしていた。めぐる水尾はゆるやかに水をそば立てた。

「方角が逆だけど、湾の奥のほうへ歩いて行かない？　あっちなら話のできる草地も木蔭もあるわ」

歩きだすとから、優子はこの寄辺のない孤児の青年を、自分のところへ引取ったのは間違いではなかったかという懸念にかられた。こんな懸念は、彼を引取ると決めてこのかた、一度も頭に浮んだことのないものだった。それは明らかに予感の一種だ。

刑務所長は優子の軽率を咎め、被害者の家族が犯人の身許引受人になるなどという話はきいたこともないと言った。所長ははじめそれを優子の人道主義的な感傷だと思い込んだらしかった。ついに優子が言った。

「そうすべきだと存じます。もともとあの人があんなことをやったのも、私のためだったんですから」

所長はまじまじとこの派手な身なりの女の顔を見つめた。『度し難い己惚れだ』女が犯罪のあらゆる複雑な原因を、自分の一身に引き寄せたがるこの傾向は、そんなに珍らしいものではなかった。彼女は「原因」というドラマチックな美的な塊りでありたい。世界を底辺において引きしぼろうとするこの己惚れは、いわば魂の妊娠状態というべきで、男には嘴を容れる余地がないのだ。『この女は何もかも孕みたがっている』と所長の疑わしげな目が語っていた。『何もかも、罪も、永い後悔も、惨劇も、男たちの群がる大都会も、人間みんなの行為の原因を、自分の生温かい腹の中へ納め込もうとしている。何もかもだ。』……

二人は入江の岸を無言で歩み、入江の一等奥の、さまざまの芥が流れついている海面を眺めやった。波ひとつない海のおもてには紫いろに稀く油がうかび、いろんな形の木片、下駄、電球、缶詰の缶、欠けた丼、玉蜀黍の芯、ゴム靴の片方、安ウイスキーの空罎などが集まっている。中に小さい西瓜の皮が、うす青い果肉に曙いろの射したのを、ゆらめかせている。

海豚供養之碑のあるあたりで、優子は山腹の凹みになった草地を指さした。

「もうお昼の時間でしょう。あそこでサンドウィッチでも喰べながら話しましょうよ」

幸二は不審そうな目をあげた。彼の口には、誰かの名を言いそうでいて、言いかねている風情が窺われた。そのためらいがちな口もとを、優子は別人のような印象を以て眺めた。この人は「大人しく」なった。不快なほど、わざとらしいほど、自分を捨ててしまった、と。

「ああ、あの人のこと？」優子は問いを察して、朗らかそうに言った。「きょうはお留守番で、一人でお昼を喰べてるわ。いきなり会うよりそのほうがいいのよ。もちろんあの人はあなたの来るのをとても待ってるわ。仏様のように和やかになったのよ、あの人も」

幸二は不安そうに頷いた。

山腹の草地まで上ってみると、入江のけしきは美しく、木洩れ日は快かったが、そこはそれほど静かではなかった。十数隻の伝馬が岸へ引き上げられている眼下の一角には、船大工の小屋があり、新造船の化粧をいそぐ大工たちの金槌の音や、蜜蜂の唸りのような機械鋸の音が、そこから昇ってきて、山腹のあちこちへ谺している。

優子はバスケットから風呂敷を出して昼顔の茂みに敷き、しなやかな指でサンドウイッチや魔法瓶を出した。動作はいかにも自然で静かだが、指は昔に比べていくらか日に焦けて笹くれている。

まるで夢のなかの儀式のような、ゆるやかな、渋滞のないその動作を眺めながら、幸二は一種の謎に行き当った。優子のやさしさの性質がどんなものか、彼にはまだよく呑み込めない。前科者に対する恐怖から来る当らずさわらずのやさしさ、犯罪に対する社会の公式の畏敬の念、そういうものを優子は少しも示さない。考えられるかぎり無防禦なのだが、それと云って女らしい情念で迎えてくれるのではない。共犯の親しみとも情婦の馴れ馴れしさともちがったもの、……これはあの事件の前の優子の態度と少しもかわっていなかった。

その瞬間、幸二も自分がここへ来るべきではなかったと悟った。しかしいずれにしてもそれは遅すぎた。

それでいて幸二も優子も自分たちの無言の包んでいるものを、まるで水槽のなかの魚の群の機敏な動きを見るように、ありありと見ることができた。優子は入獄中の幸二の労苦にいたわりの言葉をかけたいと望んでいる。しかしどんなわざとらしくない言葉があるだろうか？　幸二も優子の生活に対して自分が与えた激変の、詫びも言いたく思うし、一方、あからさまな実状も知りたい。が、それにどんな妥当な表現がありえようか？

　幸二は自分が見えない業病にかかっているような心地がした。その病状、あの忌わしい獄中生活の細目は、今も心にまざまざと活きている。幸二自身はその病状を皮膚の内側にたえず親密に感じている。優子の目にはそれは見えない。見えないけれども、彼女の鼻にその不快な匂いが届いていない筈はないのである。

　そこで幸二はできるだけ快活に、受刑者の話をしはじめるほかはないと感じた。病人が好んで自分の容態を話すように。

「刑務所には鏡がないんだ」と彼は語りだした。「もちろんそんなものは要らないんだが、出所が近くなると急に自分の顔が心配になるんだ。娑婆の人間に自分の顔がどう見えるか？　つまり出所が近くなった受刑者は、自分の番号だけではなく、自分の顔がほしくなるんだ。でも鏡がないだろ。で、窓硝子の外側に塵取を立てて、それに自分の顔を映すんだよ。だから塵取が立ってる房があれば、そこに出所間近の奴がいるとわかるんだよ」

優子はその話を聴き辛(づら)そうにして聴いていることに耐えなかった。話半ばに、帯のあいだからとり出したコンパクトを、顔を直すようなふりをして開(あ)けるが早いか、ほんの一瞬自分の顔をのぞいてから、幸二の前へ突き出した。

「ごらんなさい。ちっとも変ってやしないわ、あなた。影なんかどこにもなくってよ」

幸二は鼻先へ突きつけられた鏡よりも、この言葉に神経質な反応を示した。『ちっとも変ってやしないわ、あなた』それは怖(おそ)ろしい言葉だった。

鏡のおもては白粉(おしろい)に曇っていた。幸二は唇(くちびる)を寄せて鏡面を吹いた。鼻の頭が意外に近く映るのを見るか見ぬかに、彼の鼻腔(びこう)は、立ち迷った白粉の匂いにむせた。この匂いの与えた刺すような直截(ちょくせつ)な陶酔。彼は目を閉じた。久しく到達しようとしてあがいていた世界がそこに闊然(かつぜん)とひらいた。白粉の世界。永いこと磨(みが)きぬかれた観念に確実に見合うだけの現実が、そこに正真正銘の香りを放っている。刑務所の房内での夢想の特権は、もうあれきりで死に絶えたと思われたのが、外へ出て来て、はじめて又意味を持ったのだ。白粉の世界、それは絹に包まれ、匂い、ほの暗く明滅して、いつも午後のだるい味わいを帯びている。それははるか遠くに浮んでいることもあれば、突然近くに現前することもある。その世界はたちまち飛び去りはするが、蝶の鱗粉のような痕跡を指に残すのである。……

「どう？　ちっとも変ってやしないでしょう」

木洩れ日の斑らを浴びた白いあらわな腕がさしのべられて、幸二の手からコンパクトを奪い去った。

機械鋸の音が止んだのは昼休みらしかった。あたりは大そう静かになり、一羽の銀蠅が、昼顔の花のまわりを低く飛びめぐっている羽音だけが際立った。浜辺に捨てられている腐った魚から、おそらくこの銀蠅は来たのだろうが、肥えて、喰い飽きて、何か不忠実な様子で飛んでいる。銀いろと不潔との、冷たい金属の輝やきとなまあたたかい腐敗との、この虫におけるみごとな結合。……やがて幸二は昆虫学に親しむだろう。むかしの彼は、虫なんぞ目に入ったことのない若者だった。

「一度も面会に行けなくてごめんなさいね。理由はたびたび葉書で書いたけど、あれは本当なのよ。一晩家をあけることなんて、今のあの人の病状ではできないんですもの。あの人に会えばあなたにも分ると思うけど、私がついていなくちゃにっちもさっちも行かない有様ですもの」

「満足でしょう」

と幸二は軽い気持で言った。しかし優子の反応は目ざましいものだった。その豊かな大まかな顔が紅潮し、薄い唇は性急に触れては離れて、ピアノのキイのあちこちを乱雑に叩くように言葉が出た。

「それを言いたかったのね。あなたが出て来て一等先に言おうと思っていたのはそれだったのね。ひどいわ。そんなひどい言い方ってないわ、幸ちゃん。……それを言ったら、何もかもめちゃくちゃになってしまうわ。この世の中に何も信じられなくなってしまうわ。もうそんなことを言わないって約束してね。お願いだから」

幸二は草の上へ身を斜めにして、この美しい女の怒りを眺めた。怒りは内側から優子の体を小突き廻しており、それでいてその大きな目は幸二を見つめている勇気がなかった。幸二のほうはじっと見ていた。するうちに水が徐々に砂地にしみわたるように、今ごろになって自分の言った言葉の重い意味が、自分の四肢（しし）にもしみわたって来るような気がした。

二人は実に馴れていなかった。人間と獣との会話ならもっと仮構の親密さがあるだろうに、二人は初対面の獣同士のように、危険な様子で相手の体の匂いを嗅（か）ぎ合っていた。戦うようにじゃれ、じゃれるように戦った。それでいて恐怖にかられているのは幸二のほうで、怒りながらも優子は不敵だった。

　それが証拠に、優子はすらすらと話頭を転じて、一年あまり前、東京の店を畳んで伊呂村へ移ってはじめた草門温室の話をしだした。

「とにかくあなたの男手の助けが要るの。うんと勉強して、うんと働らいていただかなくちゃ。この春はじめて出した花はずいぶん評判がよかったのよ。この五月から観葉植物もはじめているの。温度の調節がそりゃあ厄介だけど、きっとあなたはこの仕事が好きになると思うわ。平和そうな、そうね、平和を好きな顔って、まさにあなたの今の顔だと思うわ」


　サンドウィッチの中食をすますと、二人は湾ぞいに港まで還り、さらに村の中心部を貫く県道を横切って、草門家への道を辿った。何人かの村人は優子に挨拶し、行きあう人はみな目をそば立てて二人を見た。今日の日暮れまでに噂は村じゅうに拡まるだろう。もちろん優子は幸二を親戚の者だと云って庇う用意があるが、蟻が砂糖のありかを嗅ぎつけるより早く、村の人たちは「真相」を知るだろう。

「そんなに目を伏せて歩くものじゃないわ」

　と優子が強いて気さくに注意を与えた。

「そりゃ無理だよ」

と目を伏せたまま幸二は答えた。そして日ざかりの県道に印されたトラックやバスの轍の上を、優子のパラソルの影がかるがると歪んですぎるのを見た。

県道からまっすぐ東へ入って、郵便局の前をとおりすぎてから左折すると、道はゆるやかに泰泉寺の門前をめぐって、うしろの山腹のまばらな家々に通う昇り坂になる。草門家は一軒だけ孤立し秀でて、山の一等高いところにのびやかな瓦屋根を見せている。そしてその広庭の全部が温室に埋まっている。

坂の頂きの草門家の門前に、白い衣を風にふくらませて立っている人がある。門はもとなかったのを、新たに優子が白いペンキ塗りの木柵に、薔薇をからませたアーチを建てて、そこに「草門温室」という大きな表札をつけたのである。立っている人の白衣は浴衣にちがいなかったが、ぞんざいな着方と風のために、裾はスカートのようにひろがり、しゃんと背筋を立てている姿が、却ってギプスをはめたように不自然に見える。

手に提げた鞄の重みとだらだら坂の登攀のおかげで、額の汗が眉にかぶさるほどに汗ばんでいた幸二は、優子に軽く指先で脇を押されて、はじめて目をあげてそれを見たとき、教誨師がそこで又自分を待ち受けているような恐怖を感じた。

それはあれ以来はじめて見る逸平の姿である。坂の上に日ざかりの夏の日を浴びて、顔は却って稜角(りょうかく)から濃い影を垂らし、客を迎えてしたたかに笑っているようにも見える。……

第二章

二年前、幸二がどんなに快活な、激しやすい青年だったか、優子がよく知っている。銀座に西洋陶器の店を持っている逸平は、歳末や盆の季節には、自分の卒業した大学から、アルバイトの学生を臨時に雇った。そういう中から逸平のめがねに叶(かな)って、幸二は季節外もアルバイトをつづけることができ、逸平の芝白金(しばしろがね)の自宅にも出入りするようになったのである。

逸平は大学の独文科を出て、ほかの私大の講師をつとめたりしたのちに、親の遺業をついで銀座の店を引受け、かたがた高踏的な評論を書いていて世間に多少の名があった。逸平の著書はきわめて少なかったが、一部に熱狂的な読者がおり、絶版になった古書は高値を呼んだ。

逸平はホフマンスタールやシュテファン・ゲオルゲの訳書を出し、又それらについての評論を書き、そうかと思うと李長吉(りちょうきつ)の評伝を書いた。彼の文体は凝りに凝ったものので、その実務家の一面をうかがわせるようなものは何もなく、芸術愛好家の装飾癖とひんやりした偏執に充ちていた。こういう人間はえてして、(自分がなまじそれに手を染めているところから)、精神的な営為一般に対して、ふつうの人間の知らない侮蔑の特権をしらずしらず身につけ、異様にうつろな官能的な人間になるものだ。幸二はアルバイトのしはじめから、逸平のいそがしい情事におどろいた。

幸二はもちろん、自分にはすこしも関係のないこんな出来事に超然としていた。あるとき逸平が大そう親しみを見せ、帰りかける幸二を引きとめて一緒に呑もうと言った。酒場に落ちつくなり逸平はこう言った。

「君は全然係累がない。実に羨ましいね。親も兄弟も親戚もない。女房も子供もない。私は立派な親兄弟や立派な保証人のいる人間はきらいなんだよ。その上、君は生きて行くだけの金はあるんだろう」

「親爺の遺した金で、大学を出るくらいまでは何とか行くと思います。でもそれだけじゃ不安ですから」

「結構じゃないか。家の店で働らいて、その分だけ小遣にするさ」

「ありがとうございます」

しばらく黙って呑んでいて逸平はこう言った。

「君はおととい喧嘩をしたそうだね」

幸二はおどろいて少し吃った。

「どうして御存知なんです」

「店の者が君の同輩から話をきいて、面白がって報告に来たのさ」

幸二は学生風に頭を掻いた。

逸平が詳しくその状況を説明しろというので、店が看板になってからアルバイトの同輩と新宿のトリス・バアへ呑みに行き、出て来たところを因縁をつけられて、素速くカタをつけて逃げ出した話をした。逸平は事件そのものよりも幸二の心理にしきりに興味を持った。

「君は怒ったわけか。腹が立ったからやったのか」

「よくわからないんですが、でもカッと来ちゃったんです」

こんなことを訊かれた経験のない幸二は説明に窮した。

「君は二十一歳で、孤りぼっちで、そんなに快活で、そして喧嘩っ早い。自分のことをひどくロマンチックだと思うことがあるだろう？」

買い被られているか、からかわれているか、どちらかだと思った幸二は、口を尖らして黙っていた。

「喧嘩ができたり、怒ることができたりするのはいいことだ。世界の未来は君の手中にあるも同然だよ。その先には尤も『白頭面皺専ら相待てり』だ。それしかありはしない」幸二にはこんなわからない古詩の引用がひどく気障にきこえた。逸平は重ねて訊いた。

「君には掌の中から世界が砂のように指のあいだをくぐり抜けてこぼれ落ちてしまうことはないだろう」

「ありますよ。そんなとき僕は怒りだすんです」

「そうだろう。それが君の美点だ。私は久しく砂がこぼれ落ちるままに委せて来たんだよ」

　幸二は先輩の人生的詠嘆や哲学的感想をきかされるのがきらいだった。

「つまり僕が平凡な人間だということを仰言りたいんでしょう」

　彼はすねた断定でこの会話を打ち切ろうとして、酒場の暗いあかりのなかに浮んでいる四十歳にちかい富んだ男の顔を横目で眺めた。月に二着ずつ背広を作る逸平は、渋いネクタイに薄色のイタリア製の絹のシャツを着ていた。彼はあらゆる点でフランスの小説の題にある「女たちに覆われた男」という風情を見せていた。彼は一流の床屋へゆき、いつでも払えるくせに一流の仕立屋に勘定を溜め、ふとした思いつきで英国製のスパッツを取り寄せては、二三度穿いて飽きてしまったりしていた。

逸平は何でも持っていた。少くとも幸二の目から見ると、逸平の持っていないものは何一つなかった。若さは失ったかもしれないが、それだって逸平は、存分に費って、犬のように今は自分の若さの骨をがつがつしゃぶっているのだ。幸二はこれほど目をかけられているのに、この男の前でだけは、いつものように快活にしているのがいやだった。快活というのは幸二のスケート靴、よく手入れをして油を塗ったスケート靴で、これあるがために、彼は氷の上を滑れるのであった。

同年輩の友人には、幸二は安心しておもねることができた。彼は友人の家庭にはいり込み、孤児の身を同情され、存分に御馳走になり、少し我儘なくらい快活に振舞っているのが好きだった。世間はひがんで然るべき境涯の人間がひがまないでいるのを誇大に賞揚した。世間から見て不自然な人間の自然な態度にひどく心を搏たれる。喧嘩ですら、幸二にとっては、何とはなしに世間から賞められたいという半ば人工的な衝動、つまり自然に振舞おうとする衝動の現われだったが、そんな秘密まで逸平に打明ける必要はなかった。何でも持っている逸平に、それ以上何かを与える必要があるだろうか？

その日、逸平と幸二はカウンターで呑んでいた。影のように女が寄って来たが、逸平に無視されて立去った。バアテンダーが御愛想を言いかかったが、逸平が返事をしないので、他の客のところへお喋りをしに行った。壁いっぱいに並んだ酒罎、雲のように棚引いて動かない煙草の煙、煤だらけの天井、せまいところを右往左往している女たちの香水の匂い……一人の女が倒れかかって来て、カウンターへ両腕を伸ばして、カウンターの向う側をつかんで、だらしのない口調で客のスカッチ・ソーダのお代りの注文をした。幸二は自分の手が触れたその腕の熱さにおどろいた。女は裸かの腕に頬を横たえ、そこから酔った目で幸二を見上げるようにした。

「機械体操みたいな真似をしてるんだな」

「ふふ、美容体操だわ」

カウンターの向う側をつかんでいる女の手は繊細に緊張し、銀いろの爪がしっかりとデコラの板の厚みに鈎をかけていた。そして無体に大きな白い澱んだ色の乳房を、カウンターのこちら側へ何度も乱暴にぶっつけた。

「とてもいい気持」

と女は言った。幸二は女の早い鼓動、その何か一生懸命な自堕落さ、まるで熱意のような酔い方、……そういうものすべてが怖ろしくなった。女は大きな無表情な目をして笑っていた。突然、女はさっと身を起すと、別人のようにしっかりした足取で、幸二の腕に肩をぶつけて立去った。女が去ったあとのカウンターの空間、黒いデコラの板の空間には、女の熱いゆるい体でできた空気の凹みのようなものが残っていた。少しも弾力性のない、いつまでも轍のように残っているその空気の凹み……。

「うちの女房はね」と逸平がカクテル・グラスの柄を指で丹念にしごきながら言った。

「えらい変り者なんだよ。私はあんな変った女を見たことがない」

「社長の奥さんはおきれいだって店の人がみんな言っています。でもお店へ見えたことはないですね」

このお世辞に対して、逸平は不自然なほど威丈高に、青年を蔑む眼差をした。

「お世辞なんか言うものじゃない、君の年で。あれは変った女なんだ。おそろしく寛大で、今までついぞやきもちというものをやいたことがない。君も女房を持てばわかるよ。女房というものは、正常な女なら、亭主の呼吸の一息毎にやきもちをやいているものなんだ。うちのはそうじゃない。私はあいつを何度愕かそうとしたか知れない。あいつは決して愕かない。あいつの目の前でピストルをぶっ放して見たまえ。あいつは軽く顔をそむけるだけだろう。君も多分みんなからきいて知ってるだろうが、あいつにやきもちをやかせようとして、私はあらゆる手を打ったよ」

「奥さんは感情を隠すのがお上手なんでしょう。多分自尊心が強くて……」

「いい着眼点だ。いい分析だよ」と逸平はつき出した人差指で幸二の鼻柱を危うく押そうとした。「おそらくそんなところだろう。しかし非常に巧く、完璧に隠している。それで私を愛していないかというと、大ちがいなんだ。あいつはひどく私を愛している。妻としての節度以上に愛している。陰鬱に、糞まじめに、執拗に、正攻法で、一糸乱れず。……私にはあいつの愛の軍隊が見えるんだよ。粛然たる軍隊……。その分列式を、あいつはいつも私の目にはっきり見せている。見せないふりをして見せている。

私もそれであいつが嫌いじゃない。恥かしい告白だが、私を愛してくれる女が誰であっても私は嫌いじゃない。たとえ妻であってもだよ。……私は時々ひどく疲れる。君にきいてもらいたかったのはこれだけだね」

逸平は大して値打をみとめていない相手に告白をしおえた人間の、悠々たる態度でマッチを擦って、英吉利煙草に火をつけた。その動作にはひどく寛容なものがあり、そのマッチの擦り方を幸二は憎んだ。

幸二がまだ見ない優子に恋したのは、その晩からだった、というのが正確である。おそらくそれも逸平の計画のうちだったかもしれないが。

幸二はあきらかに逸平の心の腐敗に嫉妬していた。それはさておき、逸平とはじめてゆっくり話した一晩の印象は、稀薄としか言いようがなかった。逸平はつまらない無価値な、都会のどこにでもいる富んだ中年の遊び人にすぎず、自分の遊蕩の多少風がわりな言訳を考え出した男にすぎなかった。幸二はクリスマスの近い店の午さがり、上等の洋服を着て事務室と店先を往復しながら、いい顧客だけに珈琲を運ばせて接待している逸平の身軽な挙措や会話の印象から、酒場での告白をきいたときの印象が一歩も出ていないのにおどろいた。「もっと高級な贈物でございましたら、マイセンの皿やセーヴルの壺をお目にかけます。ちょっとばかりお値段は張りますが、Aさんなら、お呑みになるのを一晩我慢なさればすむだけのお値段で……」とか、「珈琲セットをお歳暮に六十組でございますね。うちの包紙ですと、少くともお値段の三倍には見えますから……」とか、数冊の著書を持つ人間がどうしてあんなことを言えるのだろう。逸平はまた田舎大尽を頭ごなしに衒学的な調子でやっつけて、予期以上の買物をさせる手も心得ていた。幸二は逸平がこんなことを言い散らしながら、辱しめられた自尊心にいつも陰気に執着していること、彼自身の奇妙な固定観念によって、妻の嫉妬だけがこれを医やしてくれる筈だと信じていること、妻の不協力あるいは拒否、彼のヒステリックな情事のかずかず、……そういう子供らしくもあり、又大人らしくもあるこみ入ったいきさつに、何らの理解を持っていなかった。まして逸平が商人の卑屈と知的優越との間にわが身を引き裂きながら、自分の生活と精神のあらゆる部分に繕いがたい亀裂を走らせようと駈け廻っている奇妙な情熱を理解しなかった。

　幸二は優子のことだけを考えた。のちのちわかったようにこれがどんなに望みのない恋とも知らず、彼は空想裡にごく単純に図式的に思い描いた。ここにまず不幸な絶望的な女がいる。気儘な冷酷な良人がいる。血気さかんな同情者の青年がいる。それでもう物語は出来上ったようなものだった。

＊＊＊

　優子があの空いろのパラソルをさして、夏の病院であいびきをして、夜九時にあの事件が起きた日は、幸二がはじめて優子に会ってから半年後のことである。すなわち幸二が店の届け物を芝白金の逸平の家へ持ってゆき、そこではじめて優子に会ってから。

　優子とのあいびきの日というと、度重なれば重なるほど、その朝から絶望が幸二を襲った。胸の底に冷たい奔流が音を立てて流れだすように思われ、どの朝よりも自分が嫌いになった。いつでも彼のほうから頼んで、ねだって、ようやく許可をもらうだけのあいびき。しかも優子は、幸二を自分の買物や食事やたまにはダンスに連れ廻るだけで、好きな時間にさっさと別れを告げた。

その最後のあいびきの朝、幸二は下宿の蒲団から首をもたげ、勉強机の上にひろげたままになっている大学ノオトの頁が、窓からの夏の朝日を受けて反りかえり、ふくよかな紙の堆積の断面を見せているのを眺めていた。するとこの前のあいびきのとき、優子が大そうな躊躇のあとで幸二に示した紙の束が思い出された。それは優子が依頼した私立探偵の報告書で、逸平のそれぞれの女たちの名前から、囲われている町子という女のアパートの住所、町子を逸平が訪れるのが毎週火曜日の夕方であること、などが詳細に書かれていた。

「このことだけは決して主人に言わないでね。とにかく私は知っているだけで満足なんです。こんな風に調べていることを主人には絶対に知られないということ、そのことだけが今の私の生甲斐なんだから。絶対に秘密は守って頂戴ね。もしあなたが私を裏切ったら、私は死にます」

優子の涙をこのとき幸二ははじめて見た。それは決してこぼれることがなく、目の一角から淡くひろがって、忽ちにして、目全体に稀いきらきらする膜を張った。明らかに自尊心が流したこの涙は、もし指をそこに触れたらその指を凍らせただろう。

幸二はそのとき夢みていた。これらの書類を見て逸平が狂喜するさまを。逸平が今こそ確信に燃え立ち、ほかの女をみな捨て去って、妻のもとへ駈け戻(もど)る姿を。……そしてそこに彼が見出(みいだ)すのは屍(かばね)になった妻なのだ。

一瞬のうちに、幸二の脳裡を、こんな迅速な劇がけたたましく過ぎた。丁度深夜に人通りのない街を疾走する救急車のサイレンをきくように。……危うく幸二は、その悲劇の成就(じょうじゅ)に手を貸してやる気になるところだった。

「三時にT病院へ人のお見舞に行くわ」

と優子が言った。病院の前庭で三時半に待っていてくれ、と幸二は言われた。

T病院は芝白金の逸平の家からあまり遠くないモダンな大きな病院である。谷間(たにあい)をなした住宅地のまんなかの南むきの斜面の中程にあり、ゆるやかなひろい自動車路の坂が、一トめぐりして病院の玄関に通じている。ピロティ風の造り、総硝子(ガラス)の壁面、白いタイルの柱と青いタイルの窓枠(まどわく)、五階建の軽やかな外観を持った、ついこの間建ったばかりの病院の前庭には、南むきの斜面に芝生があり、棕梠(しゅろ)やヒマラヤ杉(すぎ)や灌木(かんぼく)類が植えられ、二三脚のベンチが据(す)えられているが、そこには別に夏の午後の烈(はげ)しい日ざしを遮(さえぎ)るようなものは何もない。

幸二は顔の半面に西日を受けながら、その西日が自分の頬に赤い蟹のように喰いついて跡を残すかのごとく感じながら、じっと正面の玄関を見つめている。三時四十五分。優子はまだ出て来なかった。

病院の空には鳶が二羽飛んでいる。明るい大きな窓々の中に、白けた蛍光燈が灯っている。ある窓はヴェニシアン・ブラインドの光沢のある蛇腹に閉ざされている。ある窓には医療器具の銀がかがやいている。そうかと思うと窓際に置いた薬缶が見える。赤いセルロイドの玩具が見える。……待っている幸二の背広の襟元には汗がきしんで来た。

突然、優子が人の見舞と言った言葉は嘘ではなかろうかという気がした。優子は自分の体のことでここへ通っているのかもしれない。もしかしたら逸平の心のあんな腐敗が、優子の体にも夏の夕焼けのような糜爛を起させて……。

……玄関のところで空いろのパラソルがひらかれた。まるで豪雨の戸外へ出て来る人のように、硝子の大戸がひらかれるが早いか、優子は傘をひろげた。『顔を隠そうとしているんだ』と幸二は熱い陰鬱な気持で思った。

玄関からここのベンチまでは、ゆるやかな車廻しを隔てて、約三十米ほどの距離がある。ゆっくり近づいて来る優子の姿を、幸二は注視している勇気がなかった。目を伏せる。自分の足下に落ちているものが目に入った。それは黒いスパナだった。誰かがここで自動車の修理でもしたときに置き忘れたものにちがいない。

幸二はのちのち刑務所の中で、何度となくこの瞬間の発見について考えた。スパナはただそこに落ちていたのではなく、この世界への突然の物象の顕現だった。打ち見たところ、伸びた芝生とコンクリートの自動車路との丁度堺（さかい）のあたりに、半ば芝草に埋もれて横たわっていたスパナは、いかにも自然な、そこにあるべきような姿をしていた。だがこれは見事な欺瞞（ぎまん）で、何か云いようのない物質が仮りにスパナに化けていたのにちがいない。本来決してここにあるべきではなかった物質、この世の秩序の外にあって時折その秩序を根柢（こんてい）からくつがえすために突然顕現する物質、純粋なうちにも純粋な物質、……そういうものがきっとスパナに化けていたのだ。

われわれはふだん意志とは無形のものだと考えている。軒先をかすめる燕（つばめ）、かがやく雲の奇異な形、屋根の或（あ）る鋭い稜線（りょうせん）、口紅、落ちたボタン、手袋の片っぽ、鉛筆、しなやかなカーテンのいかつい吊手（つりて）、……それらをふつうわれわれは意志とは呼ばない。しかしわれわれの意志ではなくて、「何か」の意志と呼ぶべきものがあるとすれば、それが物象として現われてもふしぎはないのだ。その意志は平坦（へいたん）な日常の秩序をくつがえしながら、もっと強力で、統一的で、ひしめく必然に充ちた「彼ら」の秩序へ、瞬時にしてわれわれを組み入れようと狙っており、ふだんは見えない姿で注視していながら、もっとも大切な瞬間に、突然、物象の姿で顕現するのだ。こういう物質はどこから来るのだろう。多分それは星から来るのだろう、と獄中の幸二はしばしば考えた。……

……それはほんの一瞬だった。幸二は黒光りのしているスパナをじっと見詰めた。何とも説明しようのない魅惑がこの一瞬間にこもっており、時間は停止して、スパナの魅惑ではち切れそうになっていた。時間は盛り上げた果物籠のようだった。鉄の汚れた黒い鍵型の破片のおかげで、芳醇な冷たいあでやかな魅惑が、たった一瞬の時間の籠にあふれたのである。

幸二は躊躇なくそのスパナを拾って、自分の夏の上着の内ポケットにさし入れた。それは火のように燃えていて、シャツをとおして、彼の胸の肉を快く焙るようだった。

――やがて空いろのパラソルは目近に来て、張りつめた絹のふくらみは高々と掲げられ、優子は濃い口紅の唇をゆがめて笑った。

「お待たせしました。暑かったでしょう。これを貸しておいてあげればよかったんだわ」

優子はベンチの背に傘をさしかけて西日を遮った。このとき幸二は、今しがたの彼の行動を決して優子は見ていなかったと信じた。

それからその暑い日ざしの中で、しばらく二人が何を話していたか、幸二には詳細な記憶がある。優子はまず今見舞った患者の容態が思ったより好転していたことを話した。幸二はそれを少しも信じないできいた。それから突然、優子は自分が年をとったのではないかと思うと言った。幸二は快活に否定した。

「でも主人の顔を見ているとつくづくそう思うわ」

と優子は徐々に、これも亦例の如く、幸二の一等きらいな話題に進んで行った。逸平の話をはじめるとき、優子はみるみる目の前の沼に身を沈めてゆく女のように幸二には見える。幸二が手をさしのべる暇もなく、花ひらいた蓮のあいだに、女の足、腿、腹、胸とみるみる泥に溺れて、笑顔のままその紅の濃い薄い唇もたちまち没して、あとには泥のおもてにかすかな波紋が残るばかりだ。

優子は、これもたびたび幸二がきかされる話だが、二十代のころの逸平がどんなに花やかでどんなに青春の権化だったかという話をした。それは彼の李長吉伝に出て来る「年少を刺る」の長い陶酔的な解説によく窺われ、あれを書いたとき逸平は、自分の青年時代をあの絢爛たる詩中の「天上郎」と同一視していたのにちがいない。

「青驄馬は肥えて金鞍光り
竜脳縷に入って羅衣香し。
美人狎れ坐して瓊觴を飛ばし
貧人喚んで天上郎と云う」

そしてただ逸平とちがうところといえば、「生来読まず半行の書」の一句だけであった。

この詩は何も優子が夏の日ざかりのベンチの上で暗誦してきかせたわけではない。以前優子がこの本を貸してくれ、特にこの詩に注意を促したので、幸二は貧しい下宿でこれを読み、且つは、はじめて逸平と酒場で話したとき彼が引用した不快な一句も、この詩の結びの一句に他ならなかったことを知ったのである。

若いころの逸平は、たしかに何もかも持っていたのにちがいない。今ではただ、その持っているもの全部が腐臭を放ちだしたのだ。優子がその悪臭を嗅がぬ筈はなく、おそらく優子はその匂いをも愛するようになったにちがいない。逸平という男が、自分には幸運しかやって来ないと或る時確信して以来、おそろしくわざとらしい人工的な生活をはじめた経緯は目に見えるようだった。

ああ！　そういうものはみんなたまらない話題だった！　優子に口をつぐませるにはどうしたらいいのか？

幸二は急に立上って、体操のように両手をふりまわし、（すでに冷めたスパナが何度も胸を打った）、背中合せのベンチのほうへ行って腰を下ろした。優子はあれほどの無神経な会話を自分では平気でするのに、こんな扱いにはすぐ傷ついた。背中合せのしばらくの暑い沈黙。棕梠の毛むくじゃらの幹で鳴いている蟬。幸二は自分の髪の一部に、空色のパラソルの骨の尖端がかすかに刺るのを感じて、そのままにしておいた。

優子はややあって傘もろとも立上り、幸二の前に立ったまま見下ろした。顔がやや蒼ざめて見えたのは、パラソルの影のためだったにちがいない。

「何を怒ってるの？　私にどうしろって言うの？　あなたは我儘だわ、何の権利で……」

「権利なんてつまらんことを言う。坐ったらどうです」

「いやだわ。こんな暑いところ」

この抗議はひどく子供じみてきこえた。

「そんならどいて下さいよ。景色を見てるんだから」

「私帰るわ」

しかし優子は帰らなかった。この取るに足らない若者が、優子の帰るべき家のがらんどうな姿を知悉していることに傷つけられて。……却って優子は幸二のかたわらの灼けているベンチに腰を下ろした。

「あんな人のことはほっておおきなさい」

「だからほってあるじゃないの」

「あの人のことを話しすぎてうるさいんだ」

「私にも不愉快な話題なのよ。あなたばかりじゃないわ」

「じゃ無意識に話しちゃうの？」

「私の歌なのよ。鼻歌を歌ってもいけないの？　私の歌なのよ、あれは」

「僕にも合唱しろというんだろう。いやなこった。自尊心だけ骨みたいに残った、勇気のない卑怯な歌なんか」

何ら内実も裏附けもない幸二の粗暴な言葉遣い。いつから幸二がそれを使いだし、いつから優子がそれを許したのかわからない。ただ優子が、そういう若者らしい狎れすぎた言葉遣いを、軽いしなやかな鞭を受けるように快く感じていたことは疑いない。

ところで幸二は、言葉が強いられる過度の親しみと感情が強いられる過度の行儀のよさとの板挟みになっていた。これほど熱い優子の頬を目近に見ながら、そこには依然として、医者と患者の肌との間に似た距離があった。

堂々めぐりの無意味な言い争い。それでも正直に怒りのために早くなる二人の鼓動。そして怒りというものの、ひそかな、方向を失った連帯感……。

こういう状態で見ていた景色が、幸二の記憶のうちに、あれほど澄み切ってしずかに座を占めているのは何故だろう。

南むきの芝生の斜面は、谷あいの町の三方、これを囲む家並に包まれた丘、丘の頂きのまばらな木立に接する空、こういうものを統括する小体な展望を持っていた。ぎっしりと建った古いあるいはモダンな家は、夏の西日を受けて、むきだしになりすぎた醜い立体感を帯びていた。東には卵いろの中学校の校舎がそそり立ち、西には自動車会社のビルがあって、新型の車の名を誌したアド・バルーンが、たるんだ胃袋のように空に垂れていた。静かで、人影ひとつなく、あまり夥しい夏の光りに疲れたような風景だった。

そうだ。墓もあった。向うの丘の頂き近く、わずか数十基の窄い墓地が、下から押し寄せる家々の屋根に追いつめられ、それはあたかも、追いつめられて銃殺される寸前の裸かの難民の群のように、崖を背に、爪先立ち、恐怖におののいて、これ以上はできないほど身をすり寄せ合って、立ちすくんでいるのだった。

……それからほとんど口をきかない夕食。そのあとで幸二の突然の勝利。優子の屈服。

あの日の夕方から夜にかけて、すべては汚れた滝のようになだれ落ちた。夕食のあと、小さな地下の酒場へ行って、優子は突然喋り（しゃべ）だし、幸二も激しく反駁（はんばく）し、二人ははじめて思うさま相手の肺腑（はいふ）をえぐるようなことを言い合った。幸二は優子を卑怯だと言い、優子は優子で意気地なしと罵（ののし）った。

「あんたは弱虫で臆病（おくびょう）で卑怯なんだ。現実と顔を突き合わせるのが怖いんだ。真相を知ってはいたいが、真相を目で見るのはいやなんだ」

「うそよ。いよいよ顔を突き合わせたときの真相は、ただ書類の文字で知っている真相より、もっと悪いに決っているからだわ。あの人があわてるならまだしもよ。そんなときにあの人の平然とした顔を見たら、もうおしまいだわ」

「おしまいならおしまいでいいじゃないか」

「あなたみたいな子供にはわからないのよ」

幸二は混乱して、今自分が優子をどこへ連れて行こうとしているのかわからなくなった。もしかすると彼は優子を、逸平の望みどおりの女に変身させるために、ひたすら熱情を注いでいるのではなかろうか？

それにしても幸二は、優子が頑なに変えまいと望んでいる奇怪なグロテスクな現実がきらいだった。それがぶっこわせるものなら、たとえ結果が、逸平の思う壺だったとしても諦らめなくてはならない。

「それであなたは主人を憎んでいるの？　それとも私を憎んでいるの？」

と優子はとうとう挑戦的な調子で言った。

「どっちもだな。でも社長のほうを多く憎んでるかもしれない」

「へんな人ね。そうして主人からは月給をもらい、私には恋人気取でいるんだわね」

又こうも言った。

「どうして私がこのままでいちゃいけないの。私がこのままでいたって、あなたは何の被害もないじゃないの」

「あなたは嘘をついてるからいけない。だからこのままじゃいけない。僕は自分と関係のない嘘も許せないんだ」

こうして幸二はとうとう自分の若さの花々しい旗を高々と掲げた。赤い軍服で喇叭を吹き鳴らす二十一歳。彼は少しも恥かしがらずに自分の肖像を眺めることができた。

身にまとわりつく他人の世界の暗い渾沌を、公然と削り落すのは若さの特権というべきで、誰がその邪魔をすることができよう。

優子はずいぶん呑んだのに酔わない目を、じっと幸二の顔に据えていた。理解できない絵、辿りがたい地図を、急に目の前に突きつけられた人のような様子をしていた。その美しい指が薄闇のなかにつと伸びてきて、盲の女の仕草に似て、幸二の頰に触ろうとしかかって途中で止んだ。優子には、幸二の頰が急に石のように硬くなったと見えたのにちがいない。

優子がうつむいたので、草いろの影が頰に落ちた。ひどく冷え冷えと、しかし憑かれたような口調で優子は言った。

「きょうは火曜日だわ」


***

幸二はその晩の八時半から九時までの三十分間の経過よりも、その場の活人画のような静止した情景のほうをよくおぼえている。

そこは一つのありきたりなアパートの部屋である。奥のベッドの上には絹のガウンを羽織った逸平が半身を起している。その足もとのほうに、同じ銀鼠いろの絹のガウンを着た町子が、ポケットに両手をつっこんで腰かけている。二人ともガウンの下は裸かである。スタンド型の扇風器が二人の頭上に、うなだれた首を鷹揚に振っている。いそいで取り揃えたので、色も意匠もちぐはぐなカーテンや家具。ナイト・テーブルの上の飲みのこしの酒。灰皿。思うさま双つの翼をひろげて部屋を呑み込もうとしている三面鏡。逸平は白い疲れた顔をしていて病人のようだった。

ドアをノックしたとき、しばらくしてガウンの衿元を合わせた町子が出て来た。優子が身を斜めにして部屋へ入り、幸二が従った。町子はあとずさりをしてベッドに腰かけ、逸平はいそいでガウンを羽織って上半身を起したのである。

大した叫びも諍いもなく、ここまでの動きは水のように流れて止り、四人が四人とも、不意に目の前に乗り超えがたい硝子の壁を立てられて、それを透かしてお互いを見ているかのようだった。

これは実のところ情ないほど平板な現実の情景だったが、同時にふしぎな非現実の趣をそなえていた。はっきり見えすぎるから幻覚だ、ということもありうる。幸二はずれた羽根蒲団のあいだから現われているシーツの夥しい皺が、運動の図式を描いた抽象派の線の集合のように、いやに明晰に浮んで見えたのをおぼえている。

いそいでガウンを着て身を起し、いわば居住いを正した逸平の動作に、そんな場合に漫画の人物がとりそうな態度だと感じさせるものがあったのは、この場の唯一の瑕瑾だったし、又逸平も、幸二が瞬間そう感じたことを察していたように思われる。ガウンの袖に腕をつっこむ彼の動作は、袖を取り違えるようなヘマはやらなかったけれども、たしかにほんの少し速すぎた。

逸平の四十歳の痩せた白い腕は、この絹の迷路のなかで、おそらくあちこちへ二三度ぶつかって、そのたびに絹の裏地の優柔な意地のわるい抵抗を受けて、やっとのことで出口の空気を掴み当てたのにちがいない。そこにはたしかに、もう一寸のところでこんな活人画の完成を擾す要素が働らいた筈だが、結局逸平は辛うじて微妙な節度を守ったというべきである。

四人は身じろぎもせずにお互いを見つめていた。ただ見ることが、見られた相手を怪物に化してしまっていた。

会議を主催する人のように、逸平はおそらく最初に口を切る義務を感じて、幸二にこう言った。幸二がいたのは彼にとってまことに好都合だった。

「やあ、君も来たんだね。よくここを探しあてたもんだね。奥さんは君に感謝してるだろう」

この「奥さん」という間接の呼びかけが優子をひどく傷つけたのを幸二は察した。しかしそれよりも幸二自身がひどく落胆し、裏切られた気持でいたのである。こうして優子が現われた瞬間に、逸平は何ら激しい歓喜の表情、いやそれに似たものをさえ示さなかった。

幸二は思った。僕が本当に見たかったのはその歓喜ではなかったか？　それなしに、どうしてこんな半歳にわたる自己放棄と屈辱のかずかずがありえたか？

幸二が正に見たかったのは、人間のひねくれた真実が輝やきだす瞬間、贋物の宝石が本物の光りを放つ瞬間、その歓喜、その不合理な夢の現実化、莫迦々々しさがそのまま荘厳なものに移り変る変貌の瞬間だった。そういうものの期待において優子を愛し、優子の守っていた世界の現実を打ち壊そうと願ったのだから、それが結果として逸平の幸福になっても構わない筈だった。少くとも幸二は何ものかのために奉仕したのだ。

しかし実際に幸二が見たのは、人間の凡庸な照れかくしと御体裁の皮肉と、今までさんざん見飽きたものにすぎなかった。彼は計らずも自分が信じていた劇のぶざまな崩壊に立ち会った。

『そんなら仕方がない。誰も変えることができないなら、僕がこの手で……』

支柱を失った感情で、幸二はそう思った。何をどう変えるとも知れなかった。しかし着実に自分が冷静を失ってゆくのを彼は感じた。

優子がかすれた、引きずるような声でこう言った。

「あなた、このまま黙って家(うち)へおかえりになってね」

この言葉はひどく間(ま)のびがしてきこえ、幸二は優子が気が狂ったのではないかと案じた。

逸平は蒲団の中へ突っ込んでいた脚を抜き出して、その毛だらけの白い細い脛(はぎ)を、泳ぐように動かして床(ゆか)のスリッパを探しあて、ガウンの膝(ひざ)を合わせて、ベッドに腰かけた。彼は実に甘い説得の調子で話しだしたが、内容はまるで反対だった。

「ねえ、そんな態度を見せて帰れというのは逆効果じゃないかね。君にも似合わない愚かなことだ。私だって帰るべきときには帰るし、そう言われたら帰るにも帰れない。物事をぎりぎり結着へ持って来るのはまずいことだ。君は、ね、先に幸二君と一緒にかえりたまえ。あとから私も帰る。それでいいだろう。ここにいる女の人の立場もあることだ」

そのとき町子が、雨の中をかえってきた犬のように、不意に、全身から雨滴を弾(はじ)く勢いで、一つ大きな身ぶるいをしたのを幸二は認めた。しかも青白い化粧の顔は、全くの無表情なままで。

一方、手にしていたパラソルを床に落し、両手で顔をおおって泣きだした優子の声に、幸二はおどろかされた。これは実に辛い、卑俗な、原始的な泣き声で、幸二が今まで見てきた優子からは、きかれる筈もない声だった。優子は泣きながら膝まずき、たえず不分明な言葉を洩らしつづけた。こんなに愛しているのに、とか、どれだけ辛い思いをして我慢してきたか、とか、いつか逸平の心が戻るのを待っていた、とか、まことに放埒な愚痴の数々が、床の絨毯に崩折れた優子の体から四方へ散った。それはあたかも床に落して割った花瓶から、汚ない水が飛び散るような有様で、幸二はきくうちに耳を覆いたくなり、はては心の中でこう叫んだ。

『早く死ねばいい！　こんな女は早く死ねばいい！』

幸二はたしかに優子を憎んでいたが、冷静を失っていたので、それが自分の胸に突き上げてくる悲しみのように感じられた。感情が混濁して、誰を憎んでいるのかわからなくなった。自分が辛うじて立っている細い一本の鉛筆のように、みじめで無視されているようにも感じた。

みんなが手を束ねて優子のうずくまった姿を眺めていたので、この時間はずいぶん永かったのにちがいない。町子が立上って優子を扶け起そうとして、逸平に目でとめられたのを幸二は見ている。その一瞬せり上って挫折した動作は、水底から砂が舞い上って崩れるのを見るように、無意味に透明に見えた。人間はどうして時として、あんなふしぎな身振をするのだろう、と幸二は思った。不安定な枝の上で、鳥が一瞬のび上って首をちぢめるようなあの種の動作。……

いずれにしろ、そんなことには大した意味がなかった。泣きつづけ喋りつづけているのは優子一人だった。扇風器がまわっているのに、窓に帷を下ろした室内は俗悪なほど暑かった。

ついに優子は裾を乱して立上り、逸平の膝に駈け上ったように見えた。

「帰って！　すぐ帰って！」

と優子は叫んだ。良人の膝へ駈け上ったとみえたのは、そのときの誇大な印象で、優子は涙だらけの弛緩した手をガウンの膝にかけただけのことだったかもしれない。しかし逸平の上半身は寝台に仰向けに倒れ、勢いを得てのしかかった優子の体を、逸平が体ごと跳ね反した。町子その人よりも、幸二のいたことが、こんな逸平の烈しすぎる行動に、一瞬、妙な虚栄心を交ぜ合わしたというのはありうることだ。彼は事もあろうにこの刹那に人生の教師たらんと心がけ、幸二の目に社会の遠い喝采の反映を待ち望んで、はねのけた妻の体の胸もとをつかんだのかもしれない。逸平はそうしておいて、妻の頬をしたたかに打った。打たれた優子は静かだったが、町子が軽い悲鳴をあげた。

『やったな！』

と見ている幸二は思った。たしかに彼は、逸平がよくやったと思ったのだ。しかしこれは冷たい充足ではなくて、幸二の全身は熱していた。逸平がもう一つ優子を打った。胸もとをつかんでいた手はすでに離れていたので、優子の白い顔は人形のように大人しく、斜めに床に倒れた。

幸二は上着の内ポケットに手を入れた。そのときの自分の実に自然な動作を幸二はおぼえている。それは流れるような一連の自然な振舞で、感情もなければ目的も動機もなく、彼は自由に、何ものも遮るもののない堺（さかい）を動いたのである。

逸平がこちらへ顔を向けた。幸二は飛びかかってその頭を、手に握ったスパナで乱打した。スパナがひどくめり込んで、そのスパナに逸平の頭が従って動くような感じがした。

第三章

……二年ぶりに逸平に会う幸二は、思わずかつて自分がスパナで打ったその頭のあたりを眺めた。そこはすでに豊かな髪におおわれて隠れていた。髪には、これほど明るすぎる日に照らされながら、何の光沢もなかったが。

そのとき、日向に立迷う蚊柱にふと目を遮られるように、性急すぎる記憶と入りまじった思念のかずかずが、群がり寄って幸二の目をうるさく遮った。

『あのとき俺は、論理を喪くしたぶよぶよした世界に我慢ならなかったんだ。あの豚の臓腑のような世界に、どうでも俺は論理を与える必要があったんだ。鉄の黒い硬い冷たい論理を。……つまりスパナの論理を』

又、

『あの日の夕方、優子が酒場でこう言ったっけ。《そんなときにあの人の平然とした顔を見たら、もうおしまいだ》って。あのスパナの一撃のおかげで、俺はわざわざ、彼らを《おしまい》にすることから救ったんだ。……』

又、愕然とこう思った。

『……俺は悔悟した人間で……』

すると目の前の思念の蚊柱はたちまち消えた。

取調べの間にすでに幸二はきかされていた。スパナの打撃は逸平の頭頂部の左にかかり、頭蓋陥没骨折と大脳の挫傷を惹き起したこと。意識が回復したのちも、右半身の麻痺が起り、失語症の症状が固定したこと。……

ああ！　そしてスパナについては、何といううるさい詮索がくりかえされたことか。町子がそれはその場にあったものではないと証言した。スパナには或る電機会社の印があった。その持ち主が調べられた。彼はT病院へ車で行ったことはあり、スパナはたしかに会社のものだが、病院なんぞで落したおぼえはないと言い立てた。車は過去一ヶ月故障を起したこともなかった。いずれにしろ他所から盗んだか拾ったか、スパナは幸二の犯行の予備と計画性をしつこく証明するものでしかなかった。彼は傷害罪で一年五ヶ月の刑を言い渡された。……

——門内へゆるゆると案内しようと努めながら、逸平は蔓薔薇の花かげで笑っていた。夏の日ざしをいっぱいに浴びた四季咲大輪種の門仕立の白い蔓薔薇。

わずかのあいだにこれほど変った人間を、幸二は夢想することもできなかった。あの仕立のいい新調の服を着て、イタリア製の絹のシャツとネクタイを身につけてアメチストのカフ・リンクスを悩ましげに袖に光らせて、忙しく身を動かせば動かすほど物憂げな気配を漂わせていた伊達者は、もうどこにもいなかった。

　こんな変化がみんな自分のスパナの一撃から生れたのだと思うと、幸二は戦慄した。犯罪の結果を見ること、それは行きずりの女に生ませた子を何年かあとに見るのと同じで、その子の全身に彼自身の影がにじんでいた。むかしの逸平は死んでしまい、そこには幸二の存在の影を深く宿した、（もちろん顔かたちは少しも似ていないが）、幸二に、というよりは、幸二の罪のかたちによく似た人の姿があった。もし幸二が自分の内面の自画像を描いたら、これとそっくりな姿ができあがったことだろう。その無力に笑っている顔にまつわる愁いも、今は正に幸二のものだった。

　幸二はふと思い出した。あるとき、遊び人たちのパーティーへ出かけるのだと言って、逸平が店の事務室でディナー・ジャケットに着かえ、襟の釦穴に白薔薇をつけて出て行ったのを見たことがある。襟の拝絹にうつむいていた瀟洒な白薔薇。あれと同じ花がここにある。そして逸平の頰へ影を投じている。しかも逸平はだらしなく浴衣を着て、裾前は合わず、背筋は外れ、絞りの兵児帯は腰のあたりにゆるく潮垂れている。こうして見ると、薔薇は逸平の道化た簪、祭の中をねり歩く白い大きな簪のようである。……


「幸ちゃんよ、わかるでしょ、幸二君よ」

と優子が明晰な発音でゆっくりと言った。

逸平はゆがんだ微笑のまま、

「コウ……リ」

と言った。

「コウリじゃないの。幸二」

「コウリ」そしてつづけて今度は「いやどうも」とはっきり言う。

「ふしぎね。『いやどうも』だけははじめからすらすら言えるのよ。コウリじゃないの。幸二……」

「いいよ。俺は氷でいい。氷のほうが似合ってる。それでいいんだよ」

と幸二はいらいらして遮った。

初対面の挨拶はこんな風にして終った。幸二の苛立ちは複雑で、自分の悔悟が何ものかに妨げられてすらすらと流れ出ないのに苛立った。彼の肉体は悔悟の袋にすぎなかった筈だ。変り果てた逸平の姿を見るより早く、涙を流して、土下座をして詫びを言うことができる筈だった。しかし何かが歯車に砂を投げこんで、その廻転を止めたのだ。その砂は何だろうか？　しじゅう蜘蛛の巣のように逸平の口にまつわっている微笑だろうか？

蟬の声にまじって、近くの枝に夏の鶯が啼いていた。三人は薔薇の門をくぐって、凸凹な甃の上を、温室のかたわらをすぎた。逸平の跛で歩く姿を見て、幸二が扶けようと手をさし出したが、優子が大きな黒い無表情な目で制した。何故制したのかわからない。多分逸平に独立心を与えようとするのだろう。しかし幸二は自分の仕草のわざとらしさを見抜かれたような気がして、心を傷つけられた。

「温室から先に案内しましょうか。みんな私が一人で勉強して、計画して、建てて、経営してるのよ。今じゃ結構商売になってるわ。東京園芸が昔のよしみで親切に取引してくれるから。……昔の私からは想像もできないでしょう。女って、いろんな眠った能力を持っているもんだと、私自分でほとほと感心するの」

逸平がどこまで、こんな早口を理解できるかわからないが、優子の幸二に言う言葉には、どこか必ず、半分逸平に聴かせているような感じがあった。薔薇のアーチをくぐった時から、とりわけそうだった。いや、逸平が傍らにいない時、さっきの港からここまで来るあいだでさえそうだった。よく考えると、二年前のあの事件の前からそうだった。

温室の入口に水道管があったので、幸二はいきなり竜頭をひねって顔を斜めにした。顔に迸る水のあまりを口に吸った。水が戸惑って頰にはげしく当るのが快い。幸二の顔はしばらく水のきらめく衝突にさらされ、永らく日に当らない蒼白な咽喉仏が野蛮に動いた。

「何て美味しそうに水を呑むんでしょう。ねえ」

「み……ず」

と逸平は、優子の言葉尻に乗って言った。うまく言えたので繰り返した。「み……ず」

――幸二が顔を上げたとき、温室の入口に、半ズボンにランニング・シャツの逞しい老人が立っていた。園丁の定次郎で、もとは漁師である。娘は浜松の帝国楽器の女工をしているのだ、と優子が説明した。

定次郎が幸二がどこからやって来たか知っているだろうかという不安が、幸二を一瞬まどわした。しかし日に灼けたその頑なな顔、海の塩のような白髪の丸刈り頭の下の、古い鎧のように堅固な顔が、幸二に安心を与えた。『この顔は少くとも人をのぞき込もうとする顔じゃない。この顔は閉ざされた窓で、ときどき自分のために窓を薄目にあけて、日光を取り入れようとするだけだ』――彼はこれとよく似た篤実な老受刑者の顔を知っていた。

　四人は五棟もある温室の第一棟に入ったのである。そこはグロキシニアや観音竹を主に置いているので、斜面に建てられた四分の三式の硝子屋根は、ふかぶかと葭簀に覆われていた。紫紋や濃紅や白のグロキシニアが、夏の温室の閑散を救っていた。

　花が美しいと思うことを幸二は牢内で学んでいた。それはしかし何ら役に立つ知識ではなくて、感傷的な知識、花に身をすり寄せすぎた知識にすぎなかった。優子の饒舌な説明は彼をおどろかせた。これは明らかに生活のために得られた知識で、受刑者たちの夢を遠く凌駕していた。

　そのとき花や葉の上に落ちた葭簀のこまかい斑らのあいだに、突然黒い大きな影がわだかまったのに四人は気づいた。優子が白のグロキシニアの大輪の自慢をしていたとき、その花のおもてが黒ずんだので、みんなが屋根のほうを見上げたのである。

　定次郎が若者のような機敏な物腰で、花と葉のあいだのせまい通路を駈けて、（その腰が観音竹の四方へひろげた固い葉先の、一枚をさえそよがせずに微妙にすりぬけたのを幸二は認めた）、入口のほうへ突進した。外から定次郎の怒鳴る声がきこえ、今までしんとした日光の中に押し殺していたものが急にはじけたように、悪戯小僧たちの悲鳴や笑い声が一せいに起って散った。

「しょっちゅうこれなのよ。何を投げたのかしら」

優子は屋根の葭簀ごしのその影を見上げ、逸平も幸二もそこを仰いだ。葭簀には太陽のきらめきがこまかく織り込まれ、幸二はその根源、太陽の鋭く射る眼を却ってありありと感じた。影は大きくわだかまって見えるが、投げられたものはそれほど大きくはなかった。濡れた黒い毛のようなものの先に、長く垂れた細い尾の影があった。それはきっと鼠だった。子供たちが大きな溝鼠の屍骸を見つけて抛ったのにちがいない。

幸二は何とはなしに逸平の顔を見た。優子がここへ来る道すがら、意志の疏通は不自由でも精神そのものには何の変りもないと説明したその男の顔を。精神が生きながら墓の中に閉じ込められた、その墓標ともいうべき単調な微笑の顔を。

彼の顔にも、優子の唇にも、葭簀の影ははだらに落ちて、丁度逸平の額のあたりに黒く痣のように溝鼠の屍の影が落ちていた。

忽ち定次郎の持ってきた竹竿の影が葭簀に伸び、鼠は竿の先に挟まれて、その影が高く天空へ蹴上げられた。そして鼠はもっと太陽に近く、高々と掲げられて、一瞬、ひりつく日光のうちに煎られた。

＊＊＊

間もなく梅雨が来た。今年の梅雨は概して空梅雨だった。そして雨のあいだには、照りかがやく日が何日かつづいた。そういう一日、逸平夫婦と幸二は、裏山の大滝までピクニックに行った。

幸二の到着からこのピクニックまでのほぼ三週間、物事はすべて順調に行き、生活はすべて新たな形に落着くかと思われた。幸二は風通しのよい二階の六畳間を宛われ、日課は忽ち決って、定次郎のよい相棒になった。灌水や朝夕二回の葉上噴霧が幸二の重要な仕事である。彼はよく勤め、大人しく、研究熱心であったから、すぐに出入りの村人たちの人気を得た。

幸二は到着の当座の神経質な自分を今は嗤っていた。自分は悔悟した人間で、昔の自分とは別人で、何も心配することはなかったのである。夜はよく眠り、食事も進み、日にも灼けて、見る見るうちに村の青年たちにも劣らぬ健康な体になった。日々の自由が彼にはただ嬉しかった。仕事がおわったあとの一人の散歩の限りもしらない自由。彼は雨の日にさえ、傘をさして散歩に出かけ、たちまち小さな伊呂村の隅々にまで精通した。彼はまた泰泉寺の住職を優子に紹介され、住職の口から伊呂村の地誌を学んだ。ここは十六世紀の末葉には三島の代官の縄張で、幕末までは間部主水の知行所の所轄にかかり、明治維新のときに、伊豆の明るい風光を持つ村々と共に、韮山県の管轄に属したのである。優子は東京園芸の社長の世話で、ここに居を卜し、村の金持の家を買い、それを改造し、さらに五棟の温室を建てたのだった。

　癈人になった逸平の財産整理とかくも素速い転身に示された優子の手腕は、それまでの優子を知る人には等しくおどろきの種子であった。これを優子自身の口からきかされた幸二はさほどおどろかなかったが、逸平の新らしい姿には日毎におどろかされた。逸平は何も理解せずに毎朝新聞を読む習慣をつづけていた。彼はただ黙然と坐って、朝日を透かす新聞を大きくひろげて、首をかるく動かしながら、永いことその姿勢を保っているだけである。

　逸平は又、時あって自分の著書を優子に持って来させることがあった。

　ゲオルゲの訳詩集は独乙マーブル紙の渋い装幀、李長吉の評伝のほうは黄色の唐紙を表紙に用い、墨流しの鳥の子を見返しに使っている。

卓の前に坐って、左手で団扇（うちわ）を使いながら、不自由な右手でしばしば頁（ページ）をめくるようにする。頁は手にもつれて巧（うま）くめくれないことがある。それでも逸平は努力をやめない。

そういう姿を温室の横窓から幸二は小庭を隔てて凝然と眺めていた。あのふしぎな忌（いま）わしい努力！　逸平の精神が少しも荒廃していないというのが本当なら、ああしている逸平の内部の精神と外部の著書とは、なお確実な照応を保っている筈である。彼の内部にはまだゲオルゲや李長吉が生きているにちがいない。それにもかかわらず、見えない鉄壁に遮られて、彼の目は自分の著書を読むことも理解することもできないのである。

幸二は刑務所の中での、自分のあれほどの外部への渇き、外部への空（むな）しい呼びかけ、反響のない叫びのかずかずを通じて逸平を理解した。今ほど自分が逸平をよく理解したことはなかった気がした。

精神というものが逸平の中でどんな風になっているのか。物事を理解もせず、言葉も表現できない自分の姿に、まずおどろき、ついにはおどろき疲れ、ただ見戍（みまも）っているほかはなくなったもう一人の明敏な自分。手足を縛られ、猿轡（さるぐつわ）をはめられた理智（りち）。そして暗い模糊（もこ）とした川の流れの彼方（かなた）、手も届かず、呼びかけも叶（かな）わぬところに、今なお燦めいてみえる自分の著書。いわば精神とその営為のあいだに在った連繋が絶たれて、彼の自負の源泉でもあり世間の尊敬の的でもあった一個の宝石が、二個の相補う宝石になって暗い大河の両岸に置かれたのだ。彼岸の宝石は世間にとっての宝石であっても今の彼には瓦礫に等しいもの、すなわち彼の著書。此岸の宝石は世間にとってはもはや瓦礫であり彼だけにとって宝石に等しいもの、すなわち彼の精神。……しかも怪我をする前の逸平は、自分の著書も含めて、精神的な営為一般に対して、粋人の冷たい嘲罵を隠そうとしなかったのだ。当時の逸平がいつも自分に望み、自分の上に夢みていたのは、統一ではなくて、分裂ではなかったか？　それも人工的な、精巧きわまる分裂……。

かくて幸二にとっては、今の逸平がたえずうかべている柔和な微笑が、新鮮なおどろきになった。泰泉寺住職はそれを逸平の悟りだというのだった。優子はそうは言わなかった。医者はしばしば優子にこう訊いた。

「御主人はひどく苛々することはありませんか。辛く当ったり、我儘で困らせたりすることはありませんか」

そして優子の答がいつも否であることに、医者は正直に不審な顔を見せた。そういう患者はまことに例外だった。逸平は静かになり、寛容になり、現実をありのままに受入れ、何事にも温かい無力な微笑で答えた。

彼の急激な断念をこうもあからさまに、こうも持続的に語っている微笑を見ると、幸二はときどき気味がわるくなった。むかしは享楽の能力で若い幸二をはるかに凌駕していたこの男が、今では不気味なほど強い断念の能力でも、幸二を引離しているように思われた。

優子は？

一度幸二は優子に呼ばれて、風呂場へタルカム・パウダーを持って行ったことがある。仄暗い湯殿のひどく軋りを立てる硝子戸を少しあけて、優子は茶の間にいた幸二を呼んだ。

「幸ちゃん！　幸ちゃん！　タルカム・パウダーが切れちゃったの。新らしいのが押入れの上段にあるから持ってきて頂戴」

草門家の湯殿は、前の持ち主の好みのせいかして、異様に広かった。風呂場が八畳ほどもあり、さらに三畳の脱衣室がついていた。幸二は硝子戸をあけるのをためらったが、

「いいのよ。入っていいのよ。構わないから」

と中から優子が言った。

果して湯上りの優子は大柄な浴衣をすでにきちんと着て、濃緑の博多帯を〆めていた。アップにした項の毛は湯気に濡れ、そのゆたかな襟足いちめんに、夜露のように、仄暗いあかりに煌めく汗があった。あれは蒸暑い雨の宵の口で、温室の屋根を叩く雨音がはげしかったのをおぼえている。

坐っている優子の足もとに幸二はふしぎなものを見た。その瘦せた男の裸体は下半身を白い粉にまぶされて、仰向きに目をつぶって、薄闇のなかで屍の形に横たわっていた。幸二はタルカム・パウダーの新らしい缶を優子に渡し、すぐ引き下ろうとしたが呼び止められた。

「あら、あなたお風呂に入るんでしょう。だったら、燃料が勿体ないから、今すぐお入りなさいよ。とてもいいお湯だわ」

幸二は硝子戸をあけたまま躊躇していた。

「早くそこを締めて入ってよ、この人が風邪を引くから。遠慮しないで、どんどん脱いでお入りなさい」

そう言うとき、優子の掌には、すでに新らしい缶から振った白い粉の堆いふくらみがあった。薄闇の中で毒薬のように冴えた白さを放った。幸二は脱衣室の片隅で手早く服を脱いだ。湯殿との堺の戸はあけてあり、おそらく湯気の温か味を誘い入れるためらしかったから、そのままにした。

それからの入浴のあいだというもの、幸二の目はともすると脱衣室のほうへ注がれた。刑務所の入浴にもまして奇妙な、この重苦しい、孤独な、沈黙の入浴。人間の世界には、(いずれも必要から出た)、何とさまざまの異様な儀式があることだろう!

優子は横たわっている湯上りの逸平の裸身に、残る隈なく白い粉をまぶして、やさしく丹念に撫でては揉んだ。逆巻く暗い湯気のあいだに、優子の白い指がしばしばあちこちに現われ、非難するような鋭い稜角を見せて競い立ったり、ものうげにゆるくたゆたったりした。

湯槽の中で斜めにこれを見ていた幸二は、急に体が昂ぶった。あの指で自分の体が隈なく愛撫されているところを想像したのである。

しかし現に優子の指が揉みほぐしている肉体は、不感のおだやかな温かい死に包まれたままだった。それは確実だった。隔たって、ここから見ていても確実だった。足の指の股まで優子は白い粉をまぶし、さっき念入りに洗ったばかりのそこを、今度は粉がきしむほどに揉み柔らげた。ときどき湯気のなかに優子の美しい横顔がはっきり見えた。それは火照り、一心なうちにもゆるんだ放恣な喜びがあらわれて、こんな屈従とも優越ともとれる単純な作業に、優子の魂がゆったりと安らっているさまが窺われた。幸二は彼女の魂のみだらな寝姿を見るような心地がした。

彼は湯槽のなかできつく目を閉じた。

これを察したのかどうか、優子ははじめて明るい散文的な口調で幸二に話しかけた。

「忘れていたけど、あなたは大学に退学届を出したんだわね」

「うん。刑務所から出した」

幸二はさわがしく湯音を立てた。

「早まったわね。あなた、草門温室に一生を埋めるつもり?」

幸二はひどく熱くなった暗い湯の中で黙っていた。優子の落した長い毛が輪をなして、湯のおもてに漂っているのを見透かした。彼は体をそちらへ押し出して、濡れた胸でその髪を掬(すく)い上げた。

＊＊＊

……それから大滝へのピクニック。

これが三週間の懸案だった。何故懸案であったのか幸二は知らない。とても逸平の意志だったとは思えない。優子が三人でそこへ行く日を心づもりしているのを知っていたから、幸二は余暇の散歩にも大滝へだけは行かずにいた。

或る晴れてしかも涼しい朝、急にピクニックへ行くことが決った。大滝の祠に供えるのに適した花が、温室の中にはなかったので、裏の崖に咲いている山百合の殊に大輪の一茎を幸二が採って来て、ただ一輪を着けた茎の根本に、優子が銀紙を巻きつけて手に持った。優子は爪哇更紗のブラウスに檸檬いろのスラックスを穿き、石ころだらけの山道にそなえて、底の扁平なモロッコ革の散歩靴を穿いた。

逸平はごたごたしたいでたちだった。白の開襟シャツにニッカボッカ、碁盤縞のソックスに運動靴、そして頭には大きな麦藁帽子をかぶり、手には丈夫なステッキを携えた。

ブルー・ジンスに、白いワイシャツの袖をまくり上げた幸二は、当然、弁当や魔法瓶などを入れたバスケットと写真機の担い手になった。滝まではふつうの足で三十分ほどの行程の筈であるが、逸平の歩度にあわせて行けば、少くとも一時間の余かかるだろうと幸二は計算していた。それが実に二時間もかかったのである。

逸平に附き添って、優子は門を出て坂を下りた。ここからは港がよく見えた。泊っている船は一隻しかなかった。湾の向う側の緑の山が、閑散な水域いちめんに映って、水に融けて、雲形定規のような形の投影を揺らしている。いくつかの真珠筏。一つの小さな入江の奥の、優子がここへ来たころから同じ傾斜を保って半ば沈んでいる青い廃船。銀いろのオイル・タンク。

蟬の声のなかに眼下には小さな村がうずくまり、県道をゆくバスの立てる砂埃が、その一丁ばかりの床屋荒物屋洋品屋薬屋菓子屋下駄屋などの町並を一息におおってしまう。湾口の燈台と、港の砕氷塔と、村の火の見櫓と、三つの高楼が、この平たい家並を統べている。

東のほうを見る。そこはこれから行くなだらかな山々の眺めだけである。木々も草々も、朝露ときのうの雨から乾きはじめている。その水蒸気と日光との具合で、山肌や森のすべてが、わななく銀箔に包まれているように見える。それがあまり静かなので、山肌や森は稀薄なかがやく死に包まれているかのようにも感じられる。

そのあいだから遠く採石場のコムプレッサーのひびきがきこえてくる。

「あの道をゆくのよ。見えるでしょう、山のあいだをくねって行く川沿いの道」

優子が一輪の百合でその道を指し示した。百合は油を塗ったようにつややかな白い花蓋をひろげ、強い日ざしのなかに鬱然とした匂いを放っていた。白い花瓣の外れまで、しどけなく煉瓦いろの花粉に染っていた。内側深く淡黄に暗紅色のあざやかな斑らが見えた。それでいて、この重い花を支える茎は強く、花は端然と威ある姿を保っていた。

魔術のように、百合で指された風景は優雅なものに変った。風景全体が百合の形をとった。山々やその上の晴れた空や輝やく雲は、今この一輪の百合に統括されていた。それらの色のおのおのは、すべて百合の中に凝縮されている色が、拡散してできたもののように思われた。すなわち森の緑は百合の茎と葉の色、土の色は花粉の色、古い木の幹は暗紅の斑らの色、かがやく雲は白い花瓣の色、という具合に。

幸二の心は、何故かわからないが、幸福に充たされた。これは悔悟の幸福な報いであり、断念のあとにはこんな幸福が来たのだ、と。こうして三人は、二年間の苦悩の果てに、やっとめいめいの幸福をつかんだのかもしれない。優子は意のままになる逸平を、幸二は自由を、そして逸平は、……何か得体のしれぬものを。

突然、頭上高く鳶の啼声を三人はきいた。

「鳥の声でも天気の変化がわかるって、定さんが言ってたよ」と幸二は言った。「あの人は観天望気っていうのができるんだって。朝焼けだの、月の傘、日の傘だの、そんなのはよくきくけど、鳥の啼声や星の光りからでも天気がわかるんだって」

「そんなこと私きいたこともなかったわ。定さんはどこにいて？」

「さっき温室の中にいたよ」

「なるほど。そうか。なるほど」

と逸平は言った。

しかし天気を訊くためにわざわざ引返すのは面倒だったから、三人はそのまま坂を下りだした。

歩きながら幸二はなお、幸福の思考に追われていた。それはうしろから飛びかかって、首筋にしがみつく子供のように、彼にしつこくまとわりついた。

『こんな幸福な平和な瞬間を、あの事件の前に三人がどうして持つことができただろう』と幸二は考えつづけた。『港へ迎えに出たときの優子は、湾の奥の草地で話すあいだも、一向昔と変っているように見えなかったが、あれは優子がきっと出獄直後の俺へのいたわりから、自分の幸福を隠していたのにちがいない。優子が本心から俺に見せたかったのはこれかもしれない。そしてわざわざ俺を、伊呂村へ招き寄せた本当の理由も』

『それなら……』と幸二は目がさめたように思った。『この幸福は疑いもなく、俺のスパナの一撃から生れたんだ』

坂がいよいよ平地へ下りる下り際から、泰泉寺の裏庭と庫裡の一部が見下ろされる。

裏庭には朱の花をつけた柘榴やつややかな椿の葉をめぐって、夥しい蜜蜂が唸り飛んでいる。群を離れた蜂が高く飛んできて、逸平の麦藁帽子にとまったので、幸二が逸平のステッキを借りて、うまくはたき落した。これは計らずも逸平の頭へ手をあげた二度目の経験になったが、この小さな成功に、三人はたのしく微笑したので、それは却って、自分たちがそれほど過敏に記憶に結びつけられていないという快い証拠になった。打ち落された蜂は道の土埃にまみれてじいじい言っていた。

「和尚さんに怒られるわ」

と優子が言った。

住職の覚仁和尚は、野生の蜜蜂をこうして飼い、床下に巣を置き、時に応じて蜜を採って、朝食のトーストにつけて喰べるのである。

この声がきこえたかのように、庫裡の奥に坐っていた住職が、庭下駄をつっかけて裏庭へ下り立った。覚仁は禿げた頭といい、血色のいい丸顔といい、人が和尚という呼名から想像するものに逐一似ていた。卑俗と超脱が、その顔には適度にまざり合って、どこを探しても冷たいところがなかった。彼はいわば小漁村あげての檀那寺の住職という、小さな出来のいい肖像画を生きていた。

優子も幸二と話し合ったことだが、初対面から、彼らが和尚の今まで接して来た人間をはみ出すような形の人間だということを、和尚はすぐ察したように思われた。従って和尚は自分もその小さい肖像画からはみ出すような素振を見せるのだった。これが二人には辛かった。二人とも和尚の小さい肖像画をひどく愛していたし、又自分たちもその肖像画の一隅に描き入れてもらいたく思っていたからである。

永らくこの平和な村にいて、和尚が人の苦悩に餓えていることは明らかだった。もちろん伊呂村にも沢山の悲しみはあった。死、老い、病気、貧窮、家内のいざこざ、近親結婚から生れた不具の子を持つ親の悲しみ、漁夫の遭難、残された一家の嘆き。……しかしこの田舎には、盤珪禅師が、十二、三歳の年少にしてぶつかったようなあの「大疑」がなかった。臨済禅の特色をなす霊的自覚、あの「見性」への欲求がどこにもなかった。

和尚は永らく網を張ってきて、魚を捕えようとしていたのだと思われる。しかし永年にわたって魂の漁は不漁だった。はじめて優子がこの村へ来て挨拶に行ったとき、この一見派手な明るい大まかな顔立ちの都会の女のなかに、和尚は久しく探していた好餌を嗅ぎ当てたのにちがいない。すなわち苦悩の匂い、鼻の利く人なら一里先からでも嗅ぎ当てることのできるその匂いを。もしかしたら優子自身も気づいていないその匂いを。

その上今度は異様に大人しい、伏目がちの、よく働らく青年がやってきた。又同じ匂い。旨そうなその匂い。和尚だけが何かを嗅ぎ当てたことは疑いがなかった。彼は逸平夫婦にも幸二にも大そう親切で、気持のよい友情を見せた。久しく餓えていたこの美味しい餌たちに対する行き届いた親切。……

もっともこれらは、あくまでも優子や幸二の臆測の範囲を出ない。和尚は何一つ、探りを入れるような質問をしたことはない。優子も幸二も、何一つ問わず語りに身の上を語り出したことはない。

「どこへお出かけかね。お揃いで」

と和尚が裏庭の只中に立って大声で訊いた。

「滝までピクニックに」

と優子が答えた。

「暑いのに御苦労じゃの。御主人は大丈夫かね」

「足馴らしに少し遠出をいたしませんとね」

「ほう、そりゃえらいことだ。幸二君は荷担ぎかね」

「ええ」

幸二は笑って、大きなバスケットを振ってみせた。

しかしその瞬間に、自分へ向けられた和尚の笑顔を見て、今まで幸福に充たされていた彼の心は、さっと翳(かげ)った。数日前、村へ下りて床屋と煙草(たばこ)屋で受けたあしらいを思い出したのである。

床屋へ入ってゆくと、主人と客との間の会話が急に途切れたような感じがあった。それからは調髪の間というもの、床屋は異様な沈黙に包まれて、鋏(はさみ)とバリカンの音だけが聞かれた。かえりに煙草屋へ寄ると、店の馴染(なじみ)の娘が、幸二を見てふいに顔を固くした。幸二が煙草を買って店を離れる。背後に、店の奥へ向ってあわただしく畳を蹴(け)立(た)ててゆく娘の足音をきいた。

幸二は今の和尚のこだわりのない笑顔に、こういう村の反応の、又裏返しの反応を見たような気がしたのである。

「くたびれた。くたびれた」

と逸平が、村の東の外れに出て、村社の前を左へゆき、いよいよ山道へ入ろうとするところで言い出した。仕方なしに三人は木蔭(こかげ)の石に腰を下ろした。優子が幸二に夫婦の写真を撮らせ、優子自身が幸二と逸平の写真を撮った。こんな組合せのうち、逸平にカメラを委すのは不安だったから、優子と幸二の二人並んだ絵柄はたえてなかった。

話題に困ると、幸二は刑務所の話をする。優子は眉をひそめるが、逸平は理解できるだけ理解しようとして膝を乗り出し、どうやらこの話題が気に入っているらしい。そこで幸二は専ら逸平に聞かせるために、ゆっくりと簡潔に、一語一語を際立たせて話すことにしていた。話のあいだ優子は、感じの鈍い逸平の右足にのぼる蟻を、気をつけて払っていた。

幸二はブルー・ジンスの尻ポケットから携帯櫛を出して、模造の鼈甲の飴いろにふりかかる木洩れ陽のなかで、逸平にこれを示して、何だと訊いた。二三秒して、

「ク……シ」

と逸平は言い、相手の肯定を見ると、しんから満足した表情になった。

幸二は手品のように、自分の櫛の背を示して、そこを撫でてみせた。

「どう？　ちっとも磨り減っちゃいないだろう？」

優子も興味を持って顔をさし出したので、耳もとにつけている香水が匂った。

「受刑者の持ってる櫛はみんなここが磨り減ってるんだ。ひどいのは、櫛の歯の根本にすれすれに届くほど凹んでる。何に使うと思う？　『ゴリ』っていうんだけど、こ

の櫛の背を便所の中で窓硝子にこすりつけて、セルロイドの粉を作るんだ。その粉を固く煙草ぐらいの太さに綿に巻いて、その上から少し歯磨粉をつけて、板でゴリゴリこするんだ。そうすると火がつく。火は、やっとくすねて来た煙草につけるためなんだ。この『ゴリ』が見つかったら、二週間は懲戒行きだな。……『燐寸がなくても煙草にゃ火がつく。遠くて近いは男女の仲ア』なんて浪花節を唸っていた奴がいたよ」

そう言ってから幸二は自分の煙草に火をつけて、深く吸って目を細めた。

「おいしい？」

と優子がきいた。

「そりゃ旨いさ」

と幸二は少しばかり不機嫌に答えた。出所間際の頃ほど、今は煙草が美味しくなくなっているのが不安だったのである。

埠頭のかたわらの芥だらけの河口を見た者は、これがはるか大谷山中の大滝に源する川だとは信じない。河床の上に水はたぎち、苔むした岩に繁吹をあげるあの清い渓流の裔だとは信じない。

三人は渓流に沿うて遡る山道をゆき、ひどく嶮しいとは言えないその幅広の道の上に、颪につれて雑木の木洩れ陽がさやぐときは、いちめんの蟬時雨を、あたかもこのさやぐ木洩れ陽が声を発したかのように聴いた。そして杉木立の影の深まる部分は、ひんやりするほど涼しいのを喜んだ。

「くたびれた」

と又しても逸平が言った。滝へ辿りつくまで都合四回の永い休憩がとられ、本当は滝壺で中食をする筈であったのに、幸二がしきりに空腹を愬えたので、三回目の休憩のときに三人は弁当を空にしてしまった。それがはや正午をすぎていた。そして優子が手に携えた山百合は、休憩のたびに幸二が渓へ下りて水にひたすことを忘れなかったので、旺んな香気と勢いを保っていた。

滝はもう遠くないにちがいない。逸平はこの辛い散歩で、どっこいしょ、という言葉を思い出した。彼が立上った。大仰な始動の合図。明らかに逸平は自分を意識して道化ていた。杖とニッカボッカの左足を先に出し、どっこいしょ、と言い、体全体を右から廻して、右足を重いクレーンのように引上げる。優子が唱和した。どっこいしょ。幸二は後片附をしながら、夫婦がどれほど先へ行ってもすぐ追いつく自信を以て、その後ろ姿が石ころ道を木洩れ陽の中へ融け入るのを眺めている。

それはばかげた風景だった。優子はしつこく和していた。どっこいしょ。そのうろな声は瀬の音にまぎれ、幸二はその声に呪縛(じゅばく)され、何か自分の置かれた立場が、石のように重く冷たく不動なものになるのを感じた。彼は魔法瓶の吊革(つりかわ)を伸ばしてカメラと共に肩にかけ、空っぽのバスケットをぞんざいに振りながら歩きだした。

――朽ちかけた木橋を渡り、迂回(うかい)した石段を昇って、杉木立の緊密な幹のあいだに大滝の水音がとどろく小社の前に立ったとき、優子の目にはありありと軽蔑(けいべつ)の色が浮んだ。

「ずいぶんつまらない小さな神社なのね。こんなところに上げるためにわざわざ百合を持って来たなんて莫迦(ばか)げてるわ。この薬玉(くすだま)模様のモスリンの幔幕(まんまく)はどういう趣味？」

祠(ほこら)の中には尽きかけた蠟燭(ろうそく)の火が不安定にまたたき、色のあらかた脱落した千羽鶴の幾連(いくつら)がかすかに揺れていた。

幸二は優子のこんな瀆神(とくしん)が怖かった。それは何の理由も目的もない瀆神で、自分で勝手に描いた幻想への気むずかしい執着でしかなかった。

「だって、この社(やしろ)の御神体は滝なんだろう」

優子は何事かに対して怒っていた。杉の梢からさし入る幾条の光りの箭を受けて、優子の怒気を含んだ目がかがやいた。

「いいわ。そんなら百合は滝壺に捨てればいいんだわ」


――滝壺のかたわらのひろい一枚岩の上での三人の休息。あの滝の轟きをきいたときから、優子の中で何かが変ったのだ。けたたましく笑い、突然黙り、感情は放恣になり、滝を宿した目は熱く潤んで、紅の濃い唇は笑うともなしに時折歪んだ。

滝の眺めは壮麗だった。高さ凡そ六十メートルの黒光りする岩の頂きには、乱れた雲のかがやきがあり、疎らな雑木が光りを透かしている間から、水が小走りに走り出て雪崩れてくる。上方三分の一ほどは白い繁吹ばかりが見えて岩肌は見えないが、落ちる水はそのあたりから二手に分れ、俄かに見る者へ襲いかかってくるように前方へ迫り出し、十重二十重に段をなして、白い鬣を振りみだして落下する。それら水を怒らせる岩々には、茎まで濡れそぼったわずかな雑草が生い立っているだけである。風の方向はたえず変って、そのために霧の飛び散る方角は不定である。しかし右岸の丈の高い草木を洩れる日光は平静そのもので、規則正しい平行の光りの筋を、落下する水のおもてに投げかけている。あたりは滝の音と蟬の声に占められ、この二つの音がせめぎ合って、一つの音にもきこえるし、又、すべてが滝音すべてが蟬時雨のように聴きなされることもある。

三人は岩の上に思い思いの姿態で寝ころんでいた。優子のかたわらに置かれた百合を、逸平がとって、仰向けになった自分の顔の上に伏せた。逸平の動作はいつも誇張しすぎるかあるいは途中で放棄されるかで、判りにくいところがあった。このとき彼が百合の香りを嗅ごうとしていたのか、それとも百合を喰べてしまおうとしてみせたのか定かでない。ともあれ永いこと、彼は秀でた鼻と口を百合の中に埋めていた。滝の轟きに耳をふたがれながら、あとの二人はこれを見ぬふりをしていた。突然逸平は激しくむせて花を放りだし、おどろいてあげたその顔には、鼻の頭や頰のあたりに煉瓦いろの花粉がついていた。それとも彼は百合の花で自殺しようとしたのであろうか？

優子が身を起した。幸二は逸平を見るこの女の目が、これほど敬意を欠いているのをはじめて見た。優子はやや傷ついた百合を手に取って、銀紙の根本を持って、赤いマニキュアの指でそれを考え深げに軽く何度か廻した。

「ねえ、『犠牲』ってわかる？」

と優子はふたたび仰向けになった逸平の顔をのぞき込んで、小馬鹿にしたような口調で訊いた。

逸平は明らかに常と変る妻の質問の調子におどろいていた。

「ギ……シ？」

「ちがうわよ。わからないの、『犠牲』って言葉」

「わからない」

優子の口調がひどく邪慳にきこえたので、幸二が口を出した。

「無理だよ、そんな抽象的な言葉」

「黙ってらっしゃいよ。テストしてるんだから」

そう言って幸二へ向けた優子の顔には、予想されたとげとげしさが全くなく、ゆるんだ幾分だらしのない微笑を見せていた。滝の風が幾条のほつれ毛を優子の額に這わせているのを見て、幸二はふと暗い湯槽に浮んだその髪の一条を思い出した。

「どうしてもわからないの。ばかねえ。これよ」

優子はいきなり手にしていた百合を滝壺へ投げた。投げられた百合は目前にかがやく白い輪を描いた。逸平の顔に暗い混濁があらわれた。これも幸二の見たことのないもので、理解から閉ざされた孤独な精神が怖れ戦いている不安があからさまに出たのである。

優子は愉しげになった。自分でも制禦しきれぬほど愉しげになった。身を反らして笑い、笑いにむせびながら矢継早にこう訊いた。

「じゃ『接吻』ってわかる？」

「セ……」

「『接吻』って言ってごらん」

「セ……」

「ばかね。わからないのね。じゃあ教えてあげるわ。こうするのよ」

優子は身を転じて、半ば身をもたげていた幸二の首をいきなり抱いた。岩は辷りやすく、幸二はこんな不意打の事態に身構える暇がなかった。優子の唇は幸二の唇をやみくもに押し、ために二人の歯はぶつかり合った。こんな衝突のあとに肉の融和が来た。優子は進んで舌をさし入れ、幸二は温かい柔和な澱みのなかに優子の唾を呑んだ。この間彼の耳は間断ない滝の響きに占められていたので、時がどれだけ移ったかわからなかった。

唇を離したとき、幸二には怒りが来た。それがどうしても逸平のための接吻のような気がしたのである。

「よせよ。ふざけてあの人を苦しめるのはよせ」

「苦しみはしないわ」

「君にそんなことがわかるのか。とにかく俺は道具に使われるのは御免だ」

優子はからかうように幸二の顔を下からのぞき込んだ。

「今さら何を言うの。はじめっから道具のくせに。あなたはそれが好きなんでしょう」

幸二は思わず優子の頰を打った。打っておいて、優子の顔を見ずに逸平の顔を見たのである。

逸平はこの時紛う方ない微笑を顔に浮べていた。それは出獄後の幸二がはじめて見た逸平の微笑と寸分変りのない彼の新たな特質の表象で、今それが何を意味していたか、幸二にははじめてわかった気がした。彼はこの微笑に拒まれ、弾き出された。この微笑には何か刑務所の汚れた入浴のあいだ、逆巻く湯気に隠見するあの清澄な砂時計を思わせるものがあった。

恐怖に搏たれて、今度は幸二が優子を抱いた。その素直な冷たい顔は、目をつぶって、彼の腕の中にあった。幸二はその唇に接吻して、頭の片隅から、一刻も早く逸平の微笑を振り落そうと空しく努めた。そこで今度の接吻には、さっきの見事な味わいがすっかり失われてしまった。

気がついたときは、空は雲に閉ざされていた。雨仕度のない三人は、黙ったまま、荷をまとめて、扶（たす）け合いながら立上り、長い帰路に雨に遭う難儀を思った。空のバスケットは帰るさは優子が持った。

第四章

梅雨の明けた或る晩のこと、幸二は村のただ一軒の酒場で一人で呑んでいる。このごろ彼はよくここへ一人で来るのである。村の人たちとの疎隔が募れば募るほど、わざとこんな村の只中へ来て、ここで呑む。休漁期に入ってぽつぽつ帰ってきた若者たちは、幸二の前歴の噂をきくと、却って彼に興味を持ち、呑み友達になりたがった。ここでは幸二の罪は酒の肴になり、それぼかりか、すぎし日の戦場の勲しのようになった。

草門温室から村へ下りて来るとき、真夏の夜の星空に、幸二は今更唖然とすることがある。それは都会の星空とはまるでちがっている。その星の夥しさは、まるで空いちめんに光る黴がびっしり生えたようだ。

村の夜は暗く、一等明るい光りは、土肥止り最終八時四十五分のバスや、時折のトラックが、県道ぞいの古い家並を無残に照らしてすぎるヘッドライトである。バスは一時間おきの筈なのに、つづいて二三台来たり、二時間も来なかったりする。これら大型自動車がとおるたびに、村の家並は古い簞笥のように振動し、さて村の中央の四つ角にバスが止って降りる客があると、路上の夕涼みの青年たちが、顔見知りの乗客を何かと揶揄で迎えるのが常であった。

夜になっても比較的明るい店は、西瓜やラムネや中華そばなどの雑多なメニューを持つ二軒の氷屋である。その二軒にはテレヴィジョンも置いてあり、ナイターや拳闘試合のときには若者たちが群れ集まる。ただ一軒の酒場「海燕」は、こういう店つづきの北端にあって、ほかの商店からは孤立して、暗い町にいやが上にも仄暗い燈火を洩らしている。

それは羽目板の壁に青ペンキを塗った粗末な小屋で、UMITSUBAMEとローマ字で書いたのが、ペンキ屋がスペリングをまちがえて、UMISTUBAMEとなっている。しかしこのまちがいを誰も咎めず、店の主人も気にしないままに、黒ペンキの字は、バスの立てる砂塵を浴びて、早くも古色を帯びている。入口の横には麦酒の空罎を幾ダースも積み重ね、窓はこの暑いのに真紅のカーテンでぴったり閉ざしている。

時折レコードの流行歌が洩れ、五坪ほどの室内は赤い電燈の光りに澱んでいるから、何か由ありげに見えるのだが、店には女も置かず、主人夫婦が酒の注文を受け、粗末な椅子テーブルを置き散らかしただけの酒場である。一隅には形ばかりのスタンド・バアが設けてある。扇風器がその上に一台。しじゅう若い衆に尻尾を引張られても、ものうげに寝場所を変えるだけの雉子猫が一疋。……

時刻が早いので、常連はまだ集まっていなかった。幸二は主人と喜美の噂をした。喜美は浜松の楽器工場から十日の休暇をとって来ているあいだ、ついぞ父親の定次郎のもとに居つかない。草門温室に泊ったのは最初の晩だけで、それからあとは親戚の宿屋の青濤館に泊り込んでいる。定次郎も久々にかえった娘にほとんど口をきかないのである。

この父娘の間には人の知らない確執があるらしかった。母親が死んでから、しばらく父娘は一緒に、傍目には仲よく暮していた。或る日突然、娘は家を出て浜松へ女工として働らきに行き、父親も家を畳んで折柄園丁を探していた草門温室に住み込むようになった。幸二もこの村へ来て以来、定次郎の口から娘の噂をきいたことがない。

喜美は美しい上に、その美しさを鼻にかけているので、村の娘たちや地道な人たちの間では鼻つまみの存在である。喜美が帰るまでは「海燕」へ青年と連れ立って呑みに来た娘も何人かある。喜美が帰って来てから、女客は喜美一人になった。そしてそれまで道徳的非難を蒙ったことのないこの健全な酒場は、一種の悪所と見做されるようになった。こんな評判の下落はここ数日の著しい推移であって、しかも喜美は、誰にも媚を売るような女ではないのである。幼な馴染の漁夫の松吉と自衛隊の清が喜美を争っているが、喜美はまだそのどちらにも身を委せた形跡はない。

喜美はウクレレを持っている。工場で自分がその一部を手がけた新品のウクレレを肌身離さず持っている。そして呑みながら、時折それを爪弾いて歌う。伊呂村の娘たちの中でも最も張ったその胸の深い奥から、乳房の肉の漂う仄白い闇の底から、声は豊かな水を湛えた釣瓶のように昇って来るので、歌の下手なことなどを人はすぐ忘れてしまう。

*
**

九時ごろ、喜美と松吉と清と、ほかに三人の青年たちが入ってくる。「海燕」のその夜の平穏はおしまいになる。清が幸二の名を呼んだ。幸二はスタンドを離れ、みんなのテーブルに加わった。

喜美はあいかわらずウクレレを構えていた。扇風器の遠い風にほつれ毛を漂わせ、トリスのハイボールを呑みながら、てきぱきした口調で、みんなに工程の説明をした。

まずマホガニー材の表板や、楓材の側裏や腕木がそれぞれ調えられる。表板にカッターがかけられて溝が施され、それにセルロイドの象嵌が、響孔のまわりに飾られる。この象嵌が喜美の仕事である。瓢箪形の側胴は、板を湯で煮沸して、電熱型で曲げるのである。その他、隅木やセルロイドの鉢巻や、縁にペイパーをかける細かい作業。腕木をつけるのは最高の技術で、気むずかしい職人が受け持っている。ローズウッドの指板を膠で貼りつけたあと、生地ペイパーをかけると、以下は塗りの工程になる。完全に磨き立てられ、すっかり形をなしたウクレレに、最後にナイロンの四弦が張られる。……そこでウクレレははじめて音を発するのだ。

喜美の手にあるこの楽器の、渋かるべきダーク・マホガニーの光沢も、赤い照明のおかげで、軽躁な瑪瑙いろ、酒焼けのした胸のような色に見えている。その小体な瓢箪形にも、かたくしまったお茶っぴいの肉体の安逸な感じがある。すべてが滑らかに、音の心やすい弄りものになれるように出来ている。却って響孔からのぞける胴の内側に、大きな劇場の舞台裏のような緊張した影と形と埃っぽさが果てしもなくひろがっている。——幸二は喜美が、なんと自分によく似た楽器を見つけだしたものかと可笑しくなった。

あんなこまかい工程の説明は、しかし、喜美とこの楽器との間にあるふしぎな距離、つまり、たしかに今は喜美の所有に帰してはいるが、一度あの木屑の舞い上る工場でそのために働らいた手と、この出来上った楽器とのあいだに、永遠に存在する距離のもどかしさを語っているように思われた。誰も原因であり同時に結果、部分であり同時に全体、というようなものになることは難しい。喜美は何よりもまず、ウクレレの一部だったのである。

幸二は容易に喜美の働らいている工場の様子を想像することができた。天井の高い鉄骨、さまざまの機械の立てる唸り、散らばる鋸屑、ラッカーの強いさわやかな匂い。……いずれにしろそれは、幸二が一ト月五十円で働らいていた刑務所の紙工場と、あんまりちがわぬ景色にちがいない。あそこでは各種の児童雑誌の色とりどりの附録類が作られていた。新年号の出る季節には大へんだった。第一附録。第二附録。そして第五附録まで。あれらのけばけばしい鸚鵡のような色彩を彼はどんなに愛したことだろう！　紙のハンドバッグ。紙のブローチ。紙の花時計。紙の組立家具。紙のピアノ。紙の花籠。紙の美容院。すべては祭の日の色彩を持ち、光沢紙に賑やかに印刷され、印刷がややずれているときには、却って目もあやな色の眩惑を惹き起す。子持ちの受刑者の一人は、これを作りながら泣いていた。幸二はそんなことはない。そんなことはないが、子供たちがこれらを手にするときの家の中の温かさと安楽を想(おも)い見ると、ネオンの盛り場などを思い出すよりも、ずっと痛切な気持がした。

　出獄して沼津の町を歩いたとき、彼は夏の日覆いを深く迫(せ)り出した本屋の店頭に、沢山の附録を孕(はら)んでふくれ上っている美麗な児童雑誌の一ト山を見た。『あの附録の一つは、俺(おれ)が作ったやつかもしれないぞ』そう思いながら盗み見た。彼は決して子供を持つまいと決心した。自分の子がああいう附録を喜んでいじっている様子を見たら、おそらく許すことができないだろう。彼は気むずかしい不快な父親になるだろう。……幸二は一生あんな附録と無縁な人間になりたかった。あれは色彩豊かな、お祭の、家庭団欒(だんらん)の、人間らしさの全体だった。そして幸二は、それを作る無骨な皹(ひび)われた罪の手だったのだ。……

　——喜美の工程の話をきいているあいだ、幸二の心に去来していたのは、子供たちの華麗な「特別附録」の、この秘密な工程のことである。

　喜美の手は罪の手でこそなけれ、工程の暗い秘密は、五十歩百歩の筈であった。だから彼女があからさまにそれを語るのは、わざと意識してのことでなければ、無恥だとしか言いようがない。少くとも幸二にはそう感じられる。

　あの埃と鋸屑とラッカーの匂いの中で働らいて、そうして出来た美しい製品の一つをお土産に持ちかえって、喜美がとうとう、出来上ったウクレレ全体の、完璧ななめらかさ、安逸な音楽、「南の島」の抒情、閑暇のものうさ、その凡てをわがものにすることができたとは信じがたい。それはあくまで「喜美のウクレレ」に止まって、他の何万個のウクレレとは異質なままにちがいない。喜美は決して、本当のウクレレ、完全な楽器に到達することはできない筈だ。——だからウクレレは、彼女の絵すがたになったのだ。

雉子猫が幸二の足もとにじゃれていた。夏だから膝に上ることはしない。冷たい三和土に腹をつけて寝そべったまま、幸二の下駄穿きの素足の甲に、ときどきそっと、半ば爪を立てた前肢を載せるのである。

猫に好かれている青年。幸二はこんな動物の得体のしれない愛情がきらいだった。そこで猫を足先で軽く蹴飛ばした。猫はすぐ又帰って来た。草門温室では、化学肥料のほかに、たまに鰹の煮汁なぞを使っている。だからといって、幸二が漁師よりも魚臭いということにはならない。

喜美は歌っていた。ウクレレを掻き鳴らし、浜松の女子工員寮で習いおぼえたハワイの歌を。

喜美はノー・スリーヴの黒地に向日葵の花を散らした海浜着を着て、小柄な造りに不似合なほど高まった乳房の谷に暗い縦の影を挟んで、ただの気まぐれから腋の片方を剃り片方をほのかに残して、やや険のある顔立ちの眉根を寄せて、美しい海鼠のような口を半ばひらいて、酔いのためか赤い照明のためか、浅黒い肌が底のほうから赤らんでいる。

自衛隊の清は、明るい丸顔を白いアロハの襟に埋めてきき入っている。晒の腹巻を乳の上まで巻いた松吉は、卓に頰杖をついている。

こんな暑苦しい静止した画面を、幸二一人は額縁を隔ててじっと眺めている。

彼は優子のことを考えて、胸をふたがれる思いになった。『俺は悔悟した人間で……』しかしこの頃ほど自分が優子に恋していると思ったことは前にもなかった。厳密に云って、彼があのスパナを揮ったのは、優子に恋していたためとはいえない。しかし今はそうだ。悔悟の苦い味わいが欲望の甘味を募らせ、優子をほしいと思う気持は、故らに、思いがけない微細な個所に次々と現われて、たえず幸二は自分がこういう欲望の伏勢に脅やかされているような気がする。というのは、何でもない優子の仕草、髪に手をやる二の腕の上り具合、温室の階段をかがんで下りて来るときの裾さばき、汗にやや崩れかけた白粉の匂い……そういうものが思いがけなく幸二の全身をゆすぶる時には、自分の欲望の伏兵に背中から鋭い一ト突を喰わされた気がするのである。しかし不可能は、以前よりも濃くなっている。川に架した家に住んで、しじゅう川音を体の下に聞くように、欲望の隅々までが直にあの暗い牢獄の記憶の暗渠の音とつながっている。『俺は悔悟した人間で……』彼が何かをほしいと思うときは、それがすでに罪の再現だった。こんな青年の気持を知ってか知らずか、あのピクニックの時以来、優子は二度と接吻を許さなかった。

――彼は鼻筋を掻いた。蝿が彼の鼻筋を攀じ登ろうとしている悲しいような痒さ。

しかし、ピクニック以来、優子の表情にはたしかに或る種の変化が現われた。暑い晩に、唇がかすかに喘ぐようにひらいている時がある。目がじっと一点を見つめて放心している時がある。幸二に対する言葉づかいが、ひどく棘々しかったり、冷たかったりする時がある。しかもこれらの変化に、優子自身はほとんど気がついていないように見える。……

「誰かこのウクレレほしい？」

と急に喜美の酔った高調子の声が起って、幸二の物想いを破った。

卓のぐるりから青年たちの巨きな無骨な手が伸びた。幸二も大人しく手を伸ばした。

喜美の手に高くさし上げられたウクレレは、赤い電燈に輝やいて、頸を持って振り上げられた水鳥の、硬直した骸のように見えた。喜美はなお遊んでいる拇指で指板の弦をはじき、音〆の糸巻に近いその部分の弦は、固い乾燥した響きを立てた。

「だめよ。簡単にはやれないよ。このウクレレと私は一心同体なんだもの。私がウクレレを上げる時は、その人にすべてを捧げた時よ」

「そんならウクレレをもらった男のお方さんになるんか」

と一人の青年がのろくさと訊いた。

「お方さんになるとは限らないけどさ」

「じゃあ、これから村で、そのウクレレを持って歩いとる男を見かけたら、喜美さんがすべてを捧げた男だと思っていいんだな」

「そうよ」

喜美はおくれ毛を掻き上げて断定的にそう言った。

「本当だな。誓うな?」

と松吉がはじめて口を切った。清は爪を噛んで、目をぎらぎらさせて黙っていた。

みんな酔っていた。そこでみんなが喜美に誓約を迫り、主人が証人に立たされた。

一人の青年が雉子猫を、麦酒のこぼれている卓の上へ抱き上げて置いた。猫は薄い夏毛の背を押えられ、うずくまったまま、逸速く逃げ出す機会を狙って、体の中で柔らかで強い力の発条をたわめているように見えた。

「この猫の背中に手をあてて誓え。嘘言者は猫になると言うもんな」

「何たら！」

喜美は軽蔑するように言って、猫のうごめいている背骨の上に手を置いた。誓ってしまうと大声でこう言った。

「さあ、もうすんだ。泳ぎに行こうじゃ」

「そんなに酔ってて大丈夫か」

「男のくせに臆病だわね。さあ、浦安へ泳ぎに行こうじゃ」

喜美は先に立って、ウクレレを掲げて、戸口のところでふりかえり、わざと方言でこう叫んだ。

「来らっしゃい！　来らっしゃい！」

結局行くことにしたのは、喜美と清と松吉と幸二だけだった。四人は歌いさざめきながら港へ出た。

埠頭では冷蔵氷庫の前だけが眩ゆく明るい。夜おそくまで製氷工場の電気結氷のモーターが唸っている。そのあたりの岸壁に腰かけて鯵釣りをしている影が数人いる。
しばらく見ぬうちに、埠頭には船がずいぶん増えた。その一隻の白い船腹が、ほのかに明るくなったり又暗くなったりしているのは、何のためかと思うと、湾口の燈台の光りの余波がそこまで届いているのである。対岸の銀いろのオイル・タンクも、それにつれて白く小さく浮び出たり、又消えたりする。ここから見る空には、星が一そう夥しい。

幸二は再び優子のことを思った。一寸離れていても、或いは離れているから、心は間断なく優子のことで占められている。船の纜がきしる。船はすねたような動きで纜を引き、そしてゆっくり押し返してくる。幸二が人生をいよいよはじめようとした年齢に、あの何ともいえずそっけない女、冷たい不得要領な女に出会ったのは、不運としか言いようがない。彼の運命。自分の運命を腕時計のように、ほとんど意識もせずに、気軽に身に着けている青年もいっぱいいるのだ。ところで彼の運命はまるでギプスだった。

こんなに恋しているのに、倫理的な不可能と、相手の心がつかめない模糊とした苦悩と、……今では何故優子が自分をこの土地へ呼び寄せたかもわからない。それがただの済まなさと贖罪の気持なら、あの滝壺での接吻とひどい言草は何だろう。こうして考えると、優子が恋しいという気持は、優子とは何者だろうという疑問に帰着する。彼は自分の身を再び得体のしれない焦躁が締めつけようとしているのを警戒した。心が不確定なものに囚われること、それは悪い兆候だった。刑務所の中で、彼は刑罰というものの物質的な明晰さをはっきりと見た筈だ。……『俺は悔悟した人間で……』悔悟とは明晰さの認識だった。

滝のピクニック以来、幸二の生活は変ってしまった。このごろでは、朝起きるとか、きょう一日のうちに、自分へ向けられる優子の微笑を期待する。しかも優子がたまたま微笑を向けてくれると、それを彼を愛していないしるしだとしか思うことができない。

——松吉が伝馬に飛び下りて、纜を引張って、舟を岸壁の石段に近づけた。清がウクレレを持った喜美を舟へ扶け下ろそうとしていた。幸二はふと製氷工場のほうへ振向いた。そこの開け放った入口から、暗いコンクリートの地面の上へ、金いろの光りが雪崩れ出ているのを見た。それは静かで、無益で、ほとんど神秘的に見えるほど夥しい光りだった。どうして夜の一ヶ所にあんなに夥しい光りがひしめいているのだろう。

松吉が櫓を漕いで、伝馬は湾をまっすぐに横切った。水の上へ出ても風がなかった。航空自衛隊の整備員の清は、ついこの間のジェット機の墜落事故の後始末に行った話を夢中でしていた。

「……そのときスピーカアから状況が発表されたんだ。『只今のエマージェンシイ、T―33A、A/C、NO390、トラブルはエンジン・ストップ、現在地は渥美半島上空』ってね。そこまでで、あとは通信不能になっちゃったんだ。直ちにF―86Fが誘導に向ったけど、『390号の機影見えず』っていう通信だろ。みんなもう真蒼さ。もちろんレスキューのヘリも二機出動してた。よほど低空視察飛行をしたんだな、ついに『墜落現場確認』の悲しい知らせが来たんだ。

俺たちはGMCに分乗して、上空からのヘリの誘導と地図をたよりに、約二時間半でやっと現場に到着した。機体は地面に垂直に突込んで、わずかに出ている尾がぶすぶすくすぶって、何ともいえないいやな匂いがしてた。畑にころがった二個のヘルメットが、西日をうけて長い影を引いてたのが忘れられない。

もう日が暮れかけていたから、発掘と遺体収容は明日の朝ということになった。それに俺たちは照明装置も用意していなかった。周囲に散らばった翼片を集めて、そこらの野の花を摘んで、線香と共に手向けて、夜を明かすほかはなかったんだ。あれはすごく悲しい晩だった。誰もほとんど口をきかなかったよ。現場の三十米四方に縄を張りめぐらして、弥次馬の立入を禁止して、夜じゅうかわるがわる周囲を警戒してた。あんな悲しい晩はなかったなあ。

みんな銃とは縁のない、レンチやドライバーばかり持ち馴れてる整備員だろ。こんな警備は馴れてなかったけど、とにかく何事もなく永い夜が明けた。焼けている機体のいやな匂いはだんだん薄れていたけど、一晩中鼻先から離れなかった。

それから朝が来たんだ。東の空がほんのり明るくなった。いずれ大きな丸い途方もない朝日が昇ってくることがわかっていた。すごい朝だと俺は思った。そんな太陽はたまらない。そんなギラギラした、野放図もない太陽は。でもそれが昇ってくる前に、朝の最初の光りで、焼け残った機体の尾部がまぶしく反射しはじめた。それがひどく綺麗だった。そこで俺たちは、事故の怖ろしさをはじめてまざまざと見たような気がしたんだ」

「それからどうしたの」

と喜美がきいた。

「大いそぎで発掘にかかったさ。それだけさ」

と清は口をつぐんだ。それから急に話頭を転じてこう言った。

「俺たちは小さい花園を持ってるんだ。俺たちっていうより、修理小隊の作ったやつだけど、俺がときどき手つだってやるのさ。『玉成の園』っていうんだぜ。艱難汝を玉に成すから来てるんだな。小さな薔薇の門があったり、標的で作った涼亭があったり、築山には赤い鳥居もあるし、小さい池には金魚も泳いでる。その間にあちこち花がいっぱい植ってるんだ。カーネーションもあるしな。最近植えた仙人掌は、ＰＸの菓子屋が寄附してくれたんだ。それから金蓮花もあったな」

「みんな死んだ人に上げる花？」

「ばか言え。そこのは生きてる奴のための花だよ。……しかしおんなじ浜松にいて、どうして喜美ちゃんと会えなかったろうな」

「だってあんたは浜松の北基地へ来てから日が浅いんだろ。あのひろい町で、私を探し出すことなんかできないわよ。何しろ巧く隠れてるんだから」

「へ、こういう風だ！」

とゆるやかに漕ぎながら松吉が茶化した。

幸二は清の単純な抒情的な魂を羨んだ。硝子のケースの中の餡パンのように、はっきりと誰の目にも見える温かいふっくらした魂。刑務所の庭にも清の語ったのと同じような花園があった。受刑者たちが手塩にかけて育てているその花園を、幸二は手つだわなかったけれど、遠くから愛していた。ひどく臆病に、迷信ぶかく、痛切に、しかもうっすらと憎んで。……彼も亦、金蓮花の卑俗な鬱金いろに心をしめつけられた思い出を持っていた。しかし清とちがって、幸二は決してこの種の思い出を語らないだろう。

松吉は？　これはまるで愚鈍な若い動物だった。

幸二が急にこう言い出した。

「喜美ちゃん。さっきあれだけ誓ったんだから、そのウクレレに何か証拠を残しとかなくちゃいけないいな」

「証拠って？」

幸二がウクレレの胴に、With Love Kimi と刻むべきだと説明した。喜美は少し躊躇したが結局承諾して、清のナイフを借りて、幸二がそこに、小さく英字を彫るにまかせた。つややかな表甲の焦茶のおもてに、字のなりに白い粉が散った。自分の腕に刺青を彫られているような気がする、と喜美は言った。そして舟のほのかな動揺が、英字の一劃一劃を乱さぬように、ウクレレをしかと支えている幸二の緊張した腕に、そっと手を触れた。

浦安の森は岬の鼻に在って、燈台を突端に置く防波堤の内側に抱かれている。森の東辺は湾内のしずかな入江に面し、西際はただちに堤防を隔てて外洋の荒磯につながっている。密林の只中には、鎌倉時代初期の松竹飛雀鏡の神鏡を祀る社があった。かれらは湾内の幾多の小さな入江のうちでも特に静かで、白砂を敷きつめた浦安の入江へ行って、そこで夜の游泳を楽しもうとしたのである。

浜辺の水深はひどく浅く、舟底は砂にとられ、纜いっぱいに岸の朽木に繋いで、ようやく伝馬を舫うことができた。喜美の用意のよさに男三人はおどろいた。海浜着をさらりと脱ぎ捨てると、その下には白い海水着を着込んでいたからである。男三人はやむなく下穿きで泳いだ。

村の空に新月があらわれた。幸二は村の北山に草門家の乏しい燈火を認めた。酔った胸が俄かに水に漬けられて打ち出す鼓動の不安な早さを、幸二はぞっとするような快さに感じて、せまい入江のなかを泳ぎ廻った。

「影よ！　影を見てごらんよ！」

と水面から首をもたげて、喜美が叫んだ。その喜々とした叫び声は、水のおもてを叩くように跳ね返り、ときどき耳にひびく外洋の岩撃つ波の遠音を破った。見ると、光達距離十二浬に及ぶ燈台の、明暗が交代する二秒毎に、そこの入江の擂鉢形の白い海底には、四人の泳ぎ手の影が、おもしろく歪みもつれて映った。

　こうして十分泳ぎをたのしむと、四人は陸に上って浦安の森に入った。森の内部にも、二秒毎に、燈台のあかりが稲妻のように射し入って、不安な明暗の変化をもたらした。夏だというのに、ありやなしやの森の小径は踵を没する湿った落葉に覆われていた。藪蚊がひどかった。森の奥へ行くにつれて、外洋の波の轟きが木々の幹に谺するのが凄く聞かれた。裸の四人は無言で歩き、体のそこかしこにたかる蚊をはたいた。

「ここらで火を焚こうじゃ。蚊もいなくなるし、体も乾くし」

　と松吉が提案した。ウクレレだけは喜美がすでに携えて来ていたが、清が舟へ燐寸をとりに戻った。そこらの枯枝で小さな焚火がしつらえられ、これを囲むと、みんなの心が穏やかになった。喜美はウクレレを弾いて、低く歌った。

　火がウクレレの胴に映える。まだ濡れている喜美の裸の肩が、木々の下枝を貫ぬいて射し入ってくる燈台の光りに、青白く縁取られる。みんな笑わず、冗談も言わず、都会の人間たちの知らない特権的なたのしみに浸っているという優越感に充ち足りていた。

……四人は小さな焚火の火を見つめて黙っていた。潮水の乾いてゆく目が、焔のゆらめきを凝視しているうちに、何だか底のほうが痛いように感じられる。

「ウクレレをよこせよ」

と突然松吉が、太い重い声で言った。この声には永い躊躇と決心がありありと現われた。喜美はウクレレを抱くようにして拒んだ。

「いやよ」

そこで四人は又黙った。しかし今度の沈黙には全く安楽なものがなくなった。

やがて松吉は前よりもさらに無器用に、しつこく念を押すようにこう言った。

「あのさナ……ここに三人、男がいるじゃ。誰かにウクレレをやる他はないだろ。そんなら俺にくれたら、よかるべえ」

松吉の裸は三人のうちで一等逞ましい。肩幅も広く、胸の筋肉が夏の雲のように隆起している。声も肉体のいかめしさをそのままに、重苦しく鬱屈している。

喜美はいよいよ自分の返答が、差し迫った結末を孕んでいそうに感じたらしい。彼女は鋭い目をあげて松吉を見据えた。そしてしばしの睨み合いの末に、とうとう、

「いや」

と言った。

松吉の顔に辱しめられた血の昇るのが夜目にもありありと見えた。彼は忽ち、逞ましい腕を伸ばした。このとき幸二は、松吉の力の方向が喜美の体に向っているものとばかり思っていたから、思わず喜美を庇おうと身を斜めにした。

松吉の判断がどんな風に働らき、どんな風に取捨選択したか、幸二には知るべくもない。とにかく彼の思考が一種の混迷から遁れ出ようとして、決断を下したことはまちがいがない。ふつうの場合だったら、彼は躊躇なく二人の男と闘って、喜美を奪うほうを選んだだろう。それというのに、この場合は、松吉は自分の肉慾を信じる代りに、(彼の生涯にも二度とないことだろうが)、一個の観念のほうを、つまりウクレレのほうを信じてしまったのである。

彼の手が喜美の腕からウクレレを乱暴に抜きとった。幸二はむしろ喜美の体を衛っていたので、ウクレレはやすやすと奪われた。その瞬間、何故か幸二は清の顔をぬすみ見た。このまじめな青年の顔は、抒情的な不安にぼんやり浸り、口を薄くあけ、花や朝日にかがやく尾翼や悲壮な死に充ちた世界の奥底に、絶ちがたく縛りつけられているように見えた。そして目の前に躍動する事態は、彼の名誉を全然必要としていなかった。

喜美が立ち上って、松吉の腕にむしゃぶりついた。ウクレレは動揺し、二人の頭上にあやうく舞っていた。ついに松吉が、抗しかねて、ウクレレを清に向って投げた。清の裸体は夢からさめたように機敏に動き、ウクレレを片手に受け取って走り出した。清のこんな運動は実に自然で、彼は突然、自分が必要とされている状況を発見したのにちがいない。

喜美は悲しい叫びをあげながら、今度は清の跡を追った。清が、自由になった松吉へウクレレを投げ渡した。松吉は今では森に谺するほどの大声で笑い、入江の浜辺へ駈け、又してもウクレレを清の手に投げた。そして清と喜美がウクレレを争っているあいだ、すばやく纜を解き、繁吹をあげて水を渉って、伝馬へ飛び込んだ。

彼は喜美や幸二の衣類を浜へ投げ、ウクレレを掲げて水に飛び込んでくる清を迎えると、清の手を引きあげて舟に乗せた。

喜美は浜で大声で罵った。泳いで追うことは諦めたらしかった。清と松吉とウクレレを載せた伝馬は、松吉の笑い声を水に残して、みるみる湾上を遠ざかった。

やがて舟が湾の中程に達すると、櫓を清にあずけた松吉が、調子外れにウクレレを掻き鳴らすその音が、浦安の浜に残された幸二と喜美の耳に届いた。

＊＊＊

……それからあとは、予想されたような事態が起った。喜美は又森のなかの焚火のほとりへ立戻ると、さっき泳いでまで舟を追わなかったのは、幸二と二人きりになりたかったからだと言った。そして幸二が優子に恋していることはよく知っており、今夜一晩だけ、自分が甘んじて優子の身代りになろうと言った。

幸二はほとんど自分の感想を語らなかった。こんな場合の喜美の哀しい自己犠牲の言葉も莫迦々々しく感じられ、すべてが何だか下手な仕掛花火のように思われはしたけれども。……とうとう幸二は、喜美に口をきかないでいてほしいとたのんだ。

外洋の波のとどろき、衰えかける焚火の焰、木の間を稲妻のようにかすめる燈台の光線、空に歩みのぼる新月、夥しい星、……幸二はそのあいだむしろ優子を忘れて、何も優子のことを思わずにいられるのをたのしんだ。自然のいろんな道具立が自分に味方しているという経験を、少年時代このかた彼は味わったことがない気がしたが、味わってみると、それは又巧緻な詐術のような感じがする。新月の詐術、とどろく波の詐術、喜美の髪にまつわる藪蚊の低いものうげな唸りの詐術。いかめしい乳房のうちに顔を埋めて、喜美の羊皮のように緊密な肌が、自分の舌先に触るのを感じるときに、幸二はしらずしらず自分の陶酔を、刑務所のなかで日々若い囚人たちによって研磨されているあの完璧な肉感の宝石と比べている。あれに比べれば、これは拙ない模造にすぎなかった。そしてこれこそ、人々が自然と呼んでいるものなのだ。

——喜美の体は塩漬けの魚のように塩辛かった。しかも事の後に、男の目をふかぶかと眺めて、男の今味わった快楽の量をじっと測るような目つきをするのは、幸二が教えて止めてやりたいことの一つだった。

幸二の体は、それでも、満ち足りていた。濡れた砂浜を残して波が引いてゆくように、肉体をとりのこして欲望が引いてゆくさまは、とにかく彼には久々の経験だった。彼は自分の目から感謝を読み取られぬように用心しい、喜美をしげしげと眺めて、事後の軽い接吻を与えた。そのときはじめて、『俺はただ体になっている。犬のように、体だけだ』と思った。少しばかり「運命」から癒ったような気がした。

二人は衣類を頭に縛って、燈台の下から海に飛び込み、湾の最短距離を泳いで帰った。上げ潮になっていたので、沖へ流される惧れがなかった。油臭い船のあいだに泳ぎつき、それぞれ手早く着るものを着て、別れて跣足で家にかえった。

数日後村へ下りた幸二は、すぐさま青年たちの噂をきいた。清が喜美のウクレレを肌身離さず持っているというのである。清の果報は村じゅうの若者の羨望の的になっている。しかしいくらしつこく訊かれても、清は大人しく微笑するだけで、決して多くを語らない。

その晩、松吉が密談があると言って幸二を「海燕」から戸外へ呼び出した。みんなで浦安の森へ行ったあくる晩、喜美はとうとう内密で、松吉に身を委せたというのである。尤もその前に、松吉と清の間には、友情と利害のからまった秘密の協定が出来ていた。清は名を取り、松吉は実をとった。清は松吉からウクレレを貰う代りに、喜美には手をつけない約束をしたのである。松吉からこんな秘密協定をこっそり打ち明けられると、喜美は急に笑い出し、意外なほど簡単に、むしろ朗らかに松吉の申し出に応じた。松吉はこれがはじめから喜美に惚れられていたしるしだと考えた。

彼は幸二に、この重い秘密を守ってくれるようにと何度も念を押した。幸二はむしろ、自分と喜美の仲をこの男に露ほども疑われていないことにおどろいた。

幸二はあの晩、浦安の森に置いてきた彼の下駄と喜美のサンダルを思い出した。あれはぞんざいに脱ぎちらしてきたので、心中の場に残された履物とまちがえられることはないだろう。上げ潮があれをそっくり水に浮べ、引き潮が外洋へ運び出してくれればいいが、さもなければ、下駄とサンダルは廃船のように、水に半ば浸されたまま朽ちるだろう。やがてそれは隈なく蝕まれて、船虫の棲家になるだろう。それは下駄でもサンダルでもなくなり……、一度は人間に属してももう人間のものではなくなった、この地上の不気味な不定形な物象の大群のなかへ融け入ってしまうであろう。

第五章

優子はほとんど新聞を読まない。故意に読まないように思われる。逸平は読めもしないのに、毎朝一時間の余も、新聞を大きく両手にひろげて、軽く首をうごかしながら、これに対している。それから新聞は働らいている定次郎と幸二の手に渉る。二人はすぐ首をつっこんで読むこともある。あるいは夕刊が来るまで朝刊を全く顧みないこともある。

その朝、幸二が葉上噴霧をすませて温室を出てくると、いつも定次郎が暑を避ける場所に決めている合歓の花かげの庭石に腰を下ろして、一心に新聞を読んでいる姿を見た。午前の日光はすでに強く、蟬の声が四方を領していた。

印度産エーリデスやアフリカ産アングレーカムなどを容れた華氏七十度以上の蘭室を出て、汗で腕に貼りついた小さな葉片を、幸二は指で除らずに、乱暴に白い歯を当てて殺ぎ落しながら、そちらへ近づいた。歯を当てるとき、自分の日によく灼けた腕を目近に見た。それはこの村における昆虫の保護色のような、誰とも同じ見事な赤銅色をしていた。無意識のうちに、幸二は十分な日焼けを待って、「海燕」などへ出かける気になったのだ。刑務所がえりのころの際立つ肌の白さはなくなっていた。あの神聖な白は彼の肉体から消え、太陽がすっぽりと人目をあざむく肉襦袢を着せてしまっていた。彼はいつわりの肌着の腕の部分がどんな味がするものか試してみた。それは塩辛かった。喜美の体と正確に同じその味わい。鈍重な、平板な、何の思いやりも羞恥もないその塩辛さ。……

――新聞を読んでいる定次郎の古びたランニング・シャツの背が、日に灼けて厳しく聳え立ちながらも、読むことの集中にかまけて、等閑にされて、常の力を失って、黒い洞のように空ろに見える。項のまばらな白髪が、剛い白光の線を尖らしている。幸二はいつか定次郎が同じように背をかがめて、シャツの繕いをしていた姿を思い出した。生活の小さな綻びに瞳を凝らし、その小さな穴から吹き上げてくる暗い永い孤独の時間を大いそぎで遮断するために、これと同じ姿で一心に繕っていたものだ。

背へ近寄っても定次郎は気づかなかったから、幸二は勢い彼の読み耽っている記事の見出しを読むことになった。

「老呉服商、娘を絞殺」

という見出しが読まれた。

ふいに幸二に気づいた定次郎は、その瞬間に目を別の一角の見出しへ移した。幸二は定次郎の、他人に対するこれほど敏感で迅速な反応をはじめて見た。

「吃驚したじゃ。ひょくらんと来よるから」と定次郎は言った。そして荒々しく新聞をはたいて、(そのとき落ちていた数片の淡紅の合歓の花が、ふしぎな様子で紙上に舞った)、比較的小さな見出しを指さして、言い継いだ。

「見らっしゃい。今年は颱風が早く来るようだ。一寸等ずつ風除けの準備をしべえ」

「そうだね。明日からでも……」

と幸二はブルー・ジンスの前ポケットへ両手の親指を突っ込んで、多少横柄に言った。この意識しない横柄な調子は、意地悪な探りのための、軽い足馴らしのようなものだった。

「今日、喜美さんは浜松へ帰るんだろ。もうそろそろ挨拶に来る時間だな」

「そう。挨拶ぐらいには来るつもりじゃろう」

定次郎は煮詰った声で言った。

堅固な顔には何の変化も見られなかったが、内側にはいろんな感情の逆巻いて音を立てているのがわかった。幸二は子供のころ数匹の兜虫を紙函に入れて持っていたのを思い出した。丈夫な厚い紙函の表からは何も窺われないのに、中からは異様な焦げくさい匂いが洩れ、黒い鈍重な兜虫の闘う音、その足掻き、ぶつかりあう角、ゆるい波のような悶えは、目に見るように詳さにわかった。あれと同じだ。……

幸二はその紙函に、外から小刀の一撃で穴をあけてやりたい衝動の虜になった。ももう一歩進んで、こう言った。

「喜美さんは村じゃ大した評判だぜ。いろんな意味で。……知ってるだろう」

「知っとる」

と定次郎は少しも怒らずに答えたので、この穏和な口調が幸二を訝らせた。

定次郎の丸刈りの胡麻塩頭は、どんな直射日光にもよく耐えた。それが感じやすい合歓の葉の繊細な影の下に在るのは、いかにも不似合で、この老人に幸二がひそかに夢みていた苦悩の免疫性を裏切るかのように思われた。日光に舐された顔の深い皺も、以前は何ら苦悩の影を含んで見えることがなかったのに、今では却って、あまりにあからさまな、無礼なほど露骨な苦悩を語っているように眺められた。きっとそれがあんまり露骨すぎたので、今までは苦悩のしるしと見えなかったのだ。丁度船の吃水線が飾りとしか見えないように。

定次郎はちらと瞳をめぐらして、かたわらの土にしゃがんでいる幸二を見た。幸二は小枝で乾いた地面に三角や四角を書き、苛々した歩き方をする数匹の大蟻を、その枝先で無雑作に潰していた。土の小部分はほんのわずかな蟻の体液のために濡れた。そして日のきびしく当って弾ける土の上に、今動いていた蟻が一匹一匹もう決して動かなくなる刻々には、世界が気づかないほど微妙に変貌してゆくという感じがあった。

定次郎は黒く灼けた大きな手で、幸二の肩を軽く叩いた。振向いた幸二は老人の顔が、何か一言を言おうとするために熟れ切って、言葉は自然に地に落ちる果物のように、口角から洩れ落ちようとしているのを感じた。それを言うとき、定次郎はひどく謙虚な笑いをうかべながら、口早に言った。

「あんたは何故喜美がわしを嫌うとるか知らんじゃろう。お母ちゃんが死んでしばらくしてから、わしはあの娘を手籠めにしたじゃ。それからじゃ。あの娘は家を出て浜松へ行ったんじゃ」

幸二は愕然として定次郎の顔を見据えた。資格もない彼が、こんな告白を突然聞かされるというのは、明らかに不当だった。

定次郎の左手は、そのときそろそろと半ズボンの尻ポケットへ廻された。その黄ばんだ焦茶いろの手は、夥しい皺と静脈の隆起に加えて、薔薇の棘や鋭い葉や篠竹や仙人掌などから蒙った微細な古傷——しかも土や肥料をその上からまぶされ塗り込まれて却って鈍い光沢を放ちだした古傷に埋まっていた。傷だらけの手は、尻ポケットから、白い半紙に丹念に包んだお守りのようなものを引き出した。木洩れ日の下でそれがひらかれる。ほとんど角質の指が紙にさわって立てる乾いた大仰な音。中から丈夫な台紙に貼った一葉の写真がとり出されると、定次郎はこれを幸二に示した。

幸二は日光の下で受けとったので、咄嗟にその絵柄がわからなかった。白い部分は眩ゆく反射し、その白の部分が雲のような形をして画面の中央を占めていた。反射を避けて、写真を斜めに翳らす。それはセーラー服の女学生と制服の学生との交接の写真である。二人とも下半身には何一つ纏っていない。

仰向き加減の女学生の顔立ちが喜美に似ていたので、幸二は胸を突かれた。しかしよく見れば似ているのは眉のあたりだけで、明らかに喜美ではなかった。

一年を思わせない健やかな歯列を見せて、定次郎はおずおずとした謙虚な微笑をうかべながら、写真の上へ顔をさし出した。が、この顔のさし出し方には、ひどく無躾な強引な感じがあった。

「どうじゃ。一寸等似とるじゃろう。東京へ行ったとき、手に入れたじゃ」

と定次郎は言った。

――のちに喜美とほんの短かい別れの挨拶を交わしたとき、先程の定次郎の問わず語りは、喜美を見る幸二の心に、大そう鬱陶しい影を及ぼした。

それは洵に聴かでもの告白だった。定次郎がどういう目的で語ったのかわからない。おそらく目的はないのだろう。この老漁夫の中に久しく持続していた粗野な苦悩は、酒が徐々に酢に変るように、おそろしく不快な嘲笑に変質していたのだった。罪はもう霧散していた。幸二は定次郎のこれから送ってゆこうとする曖昧な混濁した余生を怖れた。不和、敵意、決して宥さないこと、これらが、色情、安逸、自分だけの甘い回想などとごちゃまぜになっていた。しかもその人生は、たしかに定次郎の顔そのもののように堅固であった。そしてひとたびこの老人の嘲笑にさらされたら、何もかも只の酢に変質してしまうだろう。幸二も、優子も、逸平ですらも。


荷物を青濤館に預けたまま、手ぶらで挨拶に登ってきた喜美は、船が出るまで四十分しかないというので、来たときからそわそわしていた。草いろのワンピースに汗をいっぱいかき、来ると匆々温室の入口の水道の水を呑んだ。

そのとき優子は小女と中食の仕度をしていた。プロパン・ガスの煮炊きの要領を通いの小女がどうしても覚えないので、優子にはこの土地へ来てからすでに五人も代った小女のめいめいが、敵意ある怠業の申し送りをしてきたのではないかと疑う理由があった。敵意はいつも南からの風に乗って、村のほうからほんのりと昇ってきた。そして会えば必ず愛想のよい質朴な挨拶。

喜美はその厨口のほうへ廻った。羊歯の繁る石垣に面した厨口から、

「奥さん、こんにちは。いい匂いがしてますわねえ」

といきなり言った。

「あら、喜美さん、今日帰るんですって？　お昼でも一緒にしていかないこと？」

「いいんです。船に間に合わなくなりますから」

草門家の食事はよろずに「民主的」な逸平の意向を察して、夫婦と定次郎が一緒に摂る筈であったが、間もなく定次郎のほうからこの特権を辞退したので、夫婦だけで食卓に向う習わしになった。最近幸二が来てから、なお定次郎は頑固に分を守ったので、夫婦と幸二の三人で主人側の食事をすることになった。幸二は多少の給料を貰っていたけれど、食事の点でも客分の待遇を受けていた。そこへ喜美が食事に加わるとなると、難しい問題が生じたが、喜美が喰べないというなら、そのほうがよかった。

優子の料理はもともと田舎の人の口には合わなかった。バタや牛乳を使い、フランス料理まがいの細工を凝らし、ひどく念を入れて作るかと思えば、又ひどく投げやりであったりした。そして逸平は料理の苦情を言ったことが一度もなかった。

喜美が急ぐ急ぐと言いながら、厨口でぶらぶらしているので、驟雨のような音を立てて莢豌豆をいためている優子は、うしろを振り返らずに、こう言った。

「旦那様に御挨拶していらっしゃいな。お茶の間にいらっしゃるから」

「はい」

と喜美は厨の床板をきしませて乱暴に上って来た。優子のうしろを通りすぎざま、こう訊いた。

「幸二さんは？」

「幸ちゃん？」と優子は今度ははっきり喜美を見返って、すぐ目前に揺れている汗ばんだ巨きな乳房を包んだ胸もとへ、

「今一寸お寺まで花を届けに行かせたところ。途中で会わなかった？　どうせお午食までには帰ってくるわ」

と籠ったような声で言った。

寺から坂を駈け上ってかえって来た幸二は、白薔薇のアーチのところで、優子に送られて出て来た帰りがけの喜美に会った。何故優子がそこまで送って出たのかはわからない。おそらく何かの序でがあったのであろう。咄嗟に幸二は門内をのぞいたが、

どこにも定次郎の姿は見えなかった。

駈けづめに駈けて来たので、幸二の息は弾んでいた。物も言わずに二人の女の顔を見比べた。あまり旺んにみえる喜美の顔に対して、優子の顔の隠しがたい多少の衰えは、却って優雅にすがすがしく見えた。

ついさっき定次郎の問わず語りをきいたあとでは、喜美の小柄な体にあふれた力は、丁度行水をいやがる嬰児が周囲に水をまきちらすように、心ならずも涵された暗い汚れた水をまわりにはね返そうとして生きてきた力だと思われた。今にして幸二は、喜美が事の後に幸二の快楽の量をじっと測るような目つきをした、その目つきの意味を理解した。あれは深い病毒に似た彼女の秘密と罪を、他人に伝染してやったあとを窺う目つきだったのだ。彼女はあの汚辱の記憶を、相手にはそれと知らせずに、多くの男と頒とうとしたのだろう。性の相手について偽りを喜ぶ彼女の傾向。優子の代りに自分を幸二に愛させ、ウクレレを与えずに自分を松吉に愛させたあの傾向。あのとき、燈台の閃光に蒼ざめ、外洋のとどろきを聴きながら、愛撫に身を委せていた喜美は、目を閉じて、何度も灼熱し若返る自分の汚辱、自分の嫌悪の根源を、じっと思い描いていたのにちがいない……。

「お世話になりました。明日から又工場ですわ」

と喜美は尋常な挨拶をした。

「もうじき颱風が来る。今日あたり帰るのは利口だな」

と幸二が言った。弾んでいた息が納まると共に、彼の全身は吹き出る汗にしとどになった。

「早く水を浴びてらっしゃいよ。ひどい汗だわ。それからすぐお午食よ。喜美さんもお誘いしたけど、船に間に合わないんですって」

と優子が言った。幸二は何故かしら、すぐ辞して水浴びにゆくのを躊躇していた。これを察した喜美ははやばやと暇を告げて歩きだしたが、こんな察しのよさに対する敏感な反応を、幸二はすぐ優子の目の裡に探らずにはいられなかった。優子はしかし、うつろな目をしているきりであった。

「さようなら」

と喜美は言った。喜美の目は突然、木の実がはじけるように瞬いて、幸二に露骨なウインクを送ってよこし、幸二の指先をまとめて強く握った。そして幸二を見つめたましばらく離さずにいて軽く揺った。

優子が髪に手をやった。幸二はなお優子だけを眺め、心は寛大で余裕に溢れていた。

これほど彼が余裕を以て優子を眺めることができたのははじめてだった。優子は同じうつろな目で、やや顔を傾けて、ゆっくりと自分の髪の上に手を辷らせた。暗く繫った思い出の中を手探りするような心もとない動作。神経質に波立っている優子の五本の指は、むかしの繊細と物憂さを取り戻したかのようだった。その指は一本のヘア・ピンを抜き、(これが一瞬日を受けて濃い紫いろに光った)、きわめて事務的にそのヘア・ピンを喜美の手の甲へ突き立てた。

喜美は悲鳴をあげて飛び退き、遠くから大声で笑った。背を丸め、獣のように一点の傷口に舌をあてて舐めながら、喜美は坂を駈け下りた。曲り角の満天星の生垣の彼方に姿が見えなくなってからも、笑いは断続して聴かれたので、そのだらだら坂の乾いた道の果てに、喜美のちらと出していた舌は、小さな杏いろの焰のようにまだ閃めいていると幸二は感じた。

幸二はおもねる顔つきで優子へ振向いた。おもねっているつもりでも、彼は安心して、余裕を以て、意気揚々とおもねっていた。自分の笑顔を喜美の笑いと混同されぬように用心して、ますます明快な笑顔を見せた。

優子は背を向けて家のほうへ歩きだした。

「早く水を浴びていらっしゃいよ。汗くさくてたまらない」

横から覗き込んだ幸二は、優子が影をくっきり刻むほど眉根を寄せているのを知った。その念頭には幸二の汗だけがあるらしく、多分優子はその汗を憎んでいた。

草門家はだだっ広くて、逸平夫婦は階下の十畳の離れに寐み、母屋には十畳の居間、八畳の茶の間などの他に、いくつかの使われない小間があり、裏手の定次郎の部屋があり、ひろい厨や湯殿があった。二階にはめったに使わない十二畳の客間と、その隣りに幸二の住む六畳がある。夜は逸平夫妻と幸二と定次郎は、家のかなたこなたに離ればなれに眠った。

その晩は風のない蒸暑い夜で、眠れない幸二は、蚊帳の中で、裸で蒲団に腹這いになって、村の貸本屋で借りてきた低俗な雑誌をあれこれと読んでいた。入獄中の活字に対する飢えが、自分にも強い知的渇望があるかと思わせたが、それは贋物にすぎず、ここへ来てからとりわけ幸二は固い本を読む気がなくなった。醜聞や漫画やアクション物や時代物を満載した色彩ゆたかな厚い雑誌の、汚れた造花のように捲れ上った小口。彼はそれを片っぱしから読み、「今月の運勢」をためしてみたり、暗いスタンドのあかりに目を痛めてまで、七号活字の投書欄を丹念にあさったりした。

「二十八歳の独身男性、女性の方と交際希望、写真同封の上お便り下さい」

「私は二〇歳の女店員、月二回の公休に映画に行ける方お便り下さい。映画代こちら持つ」

「身寄りのない女性の方お便り下さい。お互いに慰め合いましょう」

「近くの方で伝書鳩を安くわけて下さいませんか。又文通も希望します。当方二二歳工員」

その雑誌の四段組の数頁にぎっしりと、日本各地の渇望がなまぐさくひしめき合い、わずかな字数に、快活を装った孤独がむき出しになっていた。何という夥しい孤独、何という愛されたいという欲望。幸二の陶冶された想像力は、トランプあそびをするように、それらの或る者と或る者を結びつけ、こんな軽はずみな文通の帰結を思い描いた。何度も文通を重ねて会った男女が、お互いの顔に発見する同種の孤独、同種の貧しさ。そのくせ一度描いた幻影を完成しようとするあせりから、不器用な抱擁、貧しい旅館の朝、そこの朝食、屋根の上に飼われている伝書鳩、床の間の布袋の横に置いてある同じ雑誌、同じ投書欄、よみがえる希望、又別の相手の上に描く幻影、無限のくりかえし……。

――深夜になってもひどく暑かった。首筋ににじむ汗を何度も拭いた。幸二のために優子が買った新らしい蚊帳の匂いは、蚊帳の中いっぱいに澱んでいた。かすかな風もないので、強張った萌黄の折り目はそれなりの形で怒り、光りのおぼろげに届くところに、角の留布の新鮮な朱が色めいていた。この木綿の蚊帳の四角の、あいまいに歪んだ形は、まるで幸二の住んでいる世界の形を暗示しているように思われた。

眠らなければならぬ。灯を消して、裸のまま大の字になった。敷布が自分の体の影絵のように、体なりに汗を吸っているのを感じた。すると閉じた目の目交に、今朝見せられた喜美によく似た女の交接の写真が浮んできた。倦い暑さの闇の只中に、刃物のように冴えてくる体をあちこちへ転がした。灯を消したのに、一羽の蛾がまだ蚊帳にとりついて陰気な鱗粉を散らしていた。彼はその落着かない影を闇の中に見透かした。蛾はしばらくもがいていて開け放たれた窓から飛び去った。

梟の声。もつれるような夜の蟬のつかのまの鳴音。こうした静けさのなかでは、潮騒も遠く聴かれた。幸二はこんな田舎の、エキスのような濃密な夜を怖れた。昼間は眠っているようなすべてのものが、夜になって一せいに目ざめるなまなましさは、都会の夜よりもはるかに肉体的で、夜そのものが、一個の巨大な、厳しい、熱い血にあふれた肉のようだった。

幸二の鋭くなった耳が、階段をしめやかに昇ってくる跫音をきいた。彼は体を固くして、闇のなかを窺った。この六畳の間の北むきは大きな窓で、南は手摺を持った広縁に面している。風をとおすために、雨戸を一枚も立てていないので、寝たまま広大な南の空の眺めが見える。階段を昇ってきた人影は、その星空を背にして立止った。それは薄桃いろのネグリジェを着た優子である。

幸二の胸は激しい動悸(どうき)を打った。彼は蚊帳を跳ねのけて出ようとした。

「出て来てはだめ。出て来てはいけないのよ」

と低く抑えた厳(いか)めしげな声が言った。幸二はためらって、寝床の上に中腰になった。

優子は蚊帳の南側のたるんだ裾(すそ)の上に横坐(よこずわ)りに坐った。ために蚊帳のその側(がわ)は強(きつ)く張りつめ、無残に引かれた吊手(つりて)が、部屋の二隅にあやうく緊張して慄(ふる)えているのがわかった。

「ここへいらっしゃい。内側にいなくてはだめよ」

と優子は蚊帳に押しつけた暗い顔から囁(ささや)いた。幸二がそのほうへ躙(にじ)り寄るにつれ、夜の香水の匂いが立った。張りつめた蚊帳は優子の体の丸みをほんのわずかしかなぞっていなかった。

幸二はその丸みに肩を触れた。優子は身を退(ひ)こうとはしない。

「何故(なぜ)来たかわからないんでしょう。ふしぎそうな顔をしているわ」と優子は明るい、渋滞のない口調で言った。「つまらない、女らしい理由からだわ。私ね、喜美の帰りがけのあなたの表情が気に入らなかったの。喜美の手にピンを刺したでしょう、あのあとのあなたの顔、あれが私にはたまらなかったの。それを思い出すと、どうしても眠れなくなったから、来たんだわ。あなた、てっきり私がやきもちを焼いていると思ったのね。そうでしょう?」

幸二はうなずいたが、あのときと同じ微笑は、浮びそうになるのを巧く引込めてしまった。

「誤解よ、幸ちゃん、私はやきもちであんなことをする女じゃないわ。無礼で生意気な娘をたしなめただけ。そういうとき私は言葉は使わない。ピンを使うの」——次の言葉を優子はためらっているようだった。しかしあまり永くためらっていると、それに不必要な重荷がかかることを惧れてか、ひどく急いで口早に附加えた。「前にあなたがスパナを使ったように」

幸二は優子の喧嘩腰に乗らない覚悟を決めた。それに乗って激すると、心の別な部分も激してしまうことを、滝のピクニック以来よく知っていたからである。彼は優しく下手に出てこう言った。

「つまり、又君は、俺に意地悪を言いに来たんだね」

蚊帳を隔ててはいるが、ひそめた声の届くほどに接している顔に、相手の息は霧のように当って漂った。優子の息は大そう香りが高い。前以てこのことを知って、口の中へ香水を吹きつけてきたらしい。こんな人工的な用意のために費された時間を思うと、優子の生活の孤独な計算があらわになった。その生活のうつろな骨組の一端が、香水の一息ごとに、急に目に見えるようになった。優子のこれほど身近にいると、却って幸二の体は鎮まった。

「とにかく……、俺は前とは変った人間だ。俺は心を入れかえたんだからな」

「私もそうだわ」

と優子は多少誇らしげに言った。

「君は心を入れかえる必要なんか何もないさ。前にもなかったんだ。何も君が後悔なんかしなくてすむように、俺が罪を着たんだから」

幸二の宣言は、思いどおり優子を怒らせた。優子は接していた肩を離し、怒りに目を尖らせ、言葉の区切ごとに喘ぎを見せて罵った。

「罪を着たですって? 体裁のいい言い方だこと! 私は何も頼んだわけじゃないわ。尤もそう思い込みたかったら、思い込んでいても結構よ。いい気な、綺麗な、英雄的な思い込み。その上いつまでも、猫をかぶっていたらいいんだわ」

……そのあとで優子は、激怒が脱け落ちたのちの平淡な静かな調子で、ふしぎな告白をした。こうした告白の声音は幸二の心に永く尾を引いた。

優子は自分が嫉妬しているのは喜美などに対してではない。幸二の罪に対してだ。と言ったのである。

優子には幸二のような罪がなかったために、心の悩みも大きくなった。あの滝のピクニックへ行った日から、こんな考えは優子の裡に黒くわだかまり、幸二の罪と競争して、どうにかして幸二と同じだけの罪、幸二と肩を並べられるだけの罪を持ちたくなった。

これをきいた幸二は、わざと下品な口ぶりで、それは俺にふさわしい女になりたいということかとからかったり、君は倒立ちをしても刑務所の風呂なんかに入れる女じゃないと軽くいなしたりした。彼の思いやりは、失神してゆく人を怒声で励ますようなものだった。

優子はこうした理窟を並べ立てながら、ひたすら自分の苦悩にかまけて、幸二の苦悩を看過していることを、自分では少しも気づかずに幸二に知らせた形になった。幸二はむしろこれを喜んだ。優子の目には、これまで幸二は、罪を犯してそれを償った人間、心の中に頼るべき実質を持った人間、優子と比べてみればいっそ幸福な人間として映っていたのであるらしい。幸二自身は、日ましに稀薄になる罪と悔悟の念を、手を束ねて、恐怖を以て見戍っていたというのに！　この定かならぬ不安と恐怖は、おそらく誰にも伝えようがない。虹が消えてゆくのを見戍る気持。刑務所の風呂場の神聖な砂時計から、湯気は去り、背光は消え、砂は尽きて、それがただの凡庸な物体に堕してしまうのを見戍る気持。……

「暑いな。死にそうだ」

と幸二が言った。

「暑いわ」

と優子も素直に言った。蚊帳の萌黄を透かして、闇の中に汗ばんで柔らかくたゆとうている乳房の上辺が見える。そこだけが闇の浸潤を受けつけず、白い明証を捧げ持っているかのようだ。優子の唇は、持ち前の濃い紅を拭われていた。

「蚊がいないか」

「いないわ。きっと美味しくないからよ」と優子は、白い前歯をほのかに滾して、はじめて笑った。

そして蚊帳に顔を寄せ、この揺れる萌黄の檻のなかにうずくまっている裸の青年の、顳顬を破るほどの動悸を、調べるようにじっと眺めた。蚊帳ごしに彼の肩先へ鼻を埋めて、こう言った。

「あなたって黒ん坊みたいな匂いがする」

「きらいだろう」

優子はそのままの姿勢で、こころもち首を振った。

これは正しく幸二が何年もの間待ちこがれていた瞬間であったので、手をのばして優子を抱こうとした。優子の意地悪は消え失せ、やさしさだけが残っていた。幸二はもう一寸忍耐して、自分から蚊帳を辷り出るか、巧みに優子を蚊帳へ引き入れればよかったのである。しかし幸二は蚊帳ぐるみ優子を抱いた。彼の裸の胸に粗い木綿がひたぶるに擦りつけられ、吊手の一つが外れ、木綿の波が幸二の体をも押し包んだ。そのとき薄桃いろのネグリジェのなかで、円滑な肉が辷り出て、彼の掌の下をすり抜けるのを幸二は感じた。優子はすでに広縁から欄干のところへ遁れ、外れたネグリジェの肩を入れながら、立上っていた。

優子は息を弾ませながら、静まった蚊帳を眺め、目を移して、眼下の庭に一瞥を走らせた。五棟の温室は屋根々々の硝子を月に光らせていた。植物の黒くうずくまる気配は、輪郭のほの光る二三の夜の雲を、映している硝子の底に窺われた。それがたくさんの藻を澱ませた深い水槽のようである。

蘭室の前に白い人が立っている。定次郎がたまたま夜中に起きだして温度調節に気を遣うことがある。しかしそれは主として冬のことである。白い服はタオルの寝間着で、定次郎はそんなものは着ない。二階を見上げたまま、その男がこちらへ歩きだす。右足が跛を引いている。

「主人が庭にいるわ。こっちへやって来るわ。あんなによく寝ていた筈なのに」

と優子はもう声を憚らずに、静まった蚊帳へ向って叫んだ。幸二は答えない。

逸平のこちらへ近づいてくる姿を見たことが優子を力づけた。優子の勇気は必ず逸平に源しているかのようである。蚊帳へ近づいて、仰向けに寝ころんでいる幸二を見た。幸二は頭のうしろに両手を組み、目を閉じている。そこに優子は、逸平の目にさらされる瞬間の、自分と幸二の寝姿を想像した。逸平がここに現われ、その目の前でなら、優子は何もかもできるような気がする。逸平なしにはできなかったことも、そのとき忽ち成就して、自分は久しい苦悩から救われるような気がする。

幸二は優子の叫びをきいたときから、こんな優子の心の激変を感じとった。それほど彼は優子をよく知っていた。すると彼には、薄れかけていた悔悟が又ありありと蘇り、それが心を「前科者の大人しさ」でいっぱいにした。これはなつかしいやさしい情緒であったから、幸二はこれに執着した。

「いけないよ、君の考えはまちがっている」

と幸二は自分の体でしっかりと蚊帳の裾を押えて言った。優子はなおも、別の角度から蚊帳へ入って来ようとする。今度は半ば恐怖に搏たれて、哀願するように、幸二は声をひそめて言った。

「よせよ。たのむから、そんなことはよせ」

優子は矜りを傷つけられて、北むきの窓を背に、蚊帳のそとに横すわりに坐った。その目があきらかに幸二を憎んでいる。幸二もそれから目を離すことができない。心ならずも、幸二も亦、目のうちが乾いて、血走って、憎悪の目で今優子を見詰めていると感じた。

――階段を逸平の跫音が上ってくる。聞くなりすぐそれとわかる異様な跫音。右手と右足を庇って、左手で手摺に縋って、ゆっくりと上ってくる。いつまでたっても昇りきらない。幸二はその階段が無限に高くまで続いているような気がした。

優子は立上り、客間との間の襖を細目にあけた。襖は夏のあいだも、幸二の部屋との間仕切を劃するために、きちんと閉てられて、その半ばを幸二の机や小箪笥に覆われていた。久しくあけられない襖は音を立てて歪みかけたが、優子はその隙から巧みにすりぬけて、十二畳の客間のほうへ行って、襖を閉めた。

幸二は目をとじた。北枕で横たわっているので、裾のほうの広縁をとおる逸平の姿を蚊帳ごしに見るのが怖かったのである。

「優子……優子」

と広縁を歩みながら逸平が言った。

「ここよ」

と暗い黴くさい十二畳の客間から走り出る優子の声がきこえた。

幸二は目を閉じたまま、二人の声だけを追っている。夜が更けて、やや風が出て来て、蚊帳の網目に漉されて衰えた風が、肌の上に軽く漂って、却って体にこもった熱をはっきり感じさせた。

「つめたい」

と逸平が言っていた。声には、力をこめて言うために不要な断定が著しく聞かれ、あたかも闇のなかを、声の太い鈍重な杖の尖で叩いてまわっているような調子だ。

「つめたい、じゃないでしょ。『涼しい』でしょう」

と優子が言っていた。

「涼しい。……ここで、寝たい」

「え？」
「涼しい。ここで、寝たい。あしたから」
と逸平が言った。

＊＊＊

近づく颱風の防備をはじめる前に、東京園芸の定期のトラックが来たので、定次郎も幸二も次の一日をいそがしく出荷にすごした。

東京園芸は伊豆半島のあちこちに直約の温室を持っていた。社長が優子にすすめて伊呂の地を選ばせたのは、そこがトラックの道程に当っていて、直約温室のチェインに加わるのに便利だったからである。こうして草門温室は市場で買い叩かれる心配もなく、大阪から直送の観葉植物や東京都内の薔薇園の薔薇などと不利な競争をする惧れもない代りに、当てがい扶持に近い一定額の小切手を、月毎に本社から受けとるだけの商いになった。

東京園芸の三噸積トラックは、月に二三回は必ず巡って来て、一度に五、六十鉢を積んで帰った。季節によっては百鉢に及ぶこともある。夏場はほとんど観葉植物や蘭である。安価なグロキシニアなどは、田園調布あたりの産物と張り合うことができないので、船で沼津へ移出する。こういうものは鉢から抜いて、箱詰めの梱包をして、幸二がリヤカーで港まで運んだ。

三噸積トラックは非常な難儀をして、だらだら坂を草門温室の門まで登った。優子は運転手に気をつかい、逸平のイタリア製のネクタイや英国製の靴下などを贈物にした。そのたびに大そうな講釈をつけて。

幸二は出荷の折、手塩をかけて育てた花に別れを告げる悲しみを味わった。芒に似た葉を持つシンビジウムは、蘭特有の、空中にうかぶ唐突な幻のような花の姿が、その薄紫を刷いたペタルと、黄いろ地に紫の斑点を散らしたリップも共々に、何だか、美の病気ともいうべきものに罹った風情を見せていた。洋蘭には多かれ少なかれ、そういう感じがあった。

デンドロビウムの薄紅いの花は、奥に濃紫をのぞかせており、これが羞恥を秘めているという風には見えず、むしろ、あからさまに羞恥を開顕しているという風に見えた。ハワイ産アンセリウムの、合成樹脂のような鮮明な赤と、そこからさし出されたざらざらした猫族の舌。薄黄の縁に斑入りの濃緑の葉を持ったタイガー・テイルの、固い葉質を裏切る海藻じみたなよやかな形態。ゴム・デコラの改良種の、大きな楕円な葉が生い茂った観音竹。……の葉、緑に黒の横縞を帯びた猛々しいアナナスの葉。毛の生えた細い茎からつややかな葉が生い茂った観音竹。……

これらは幸二の手を離れて、いわば警官の手に拉し去られる冷たい静かな売笑婦の群のように、汚ないトラックの上に並べられた。幸二はこれらの花や葉が散らばり浸透してゆく社会を夢みた。目くるめくばかりの巨大な構造を持ち、グロテスクな真黒な複雑な形をしたその社会が、体のそこかしこに小さなリボンを結びつけるように、これらの花や葉をぶら下げている姿を思いえがいた。花はそこでは戯画に役立っているだけだった。そして社会の、功利的な感傷や、偽善や、安寧秩序や、虚栄心や、死や、病気や、……およそろくでもない個所々々へ、これらの花や葉は、病菌のように、抜け目なく撒布され滲透してゆくのだった。

トラックの出荷のあと、幸二は梱包されたグロキシニアをリヤカーに積み、今日の最後の便に間に合わすために港へいそいだ。雲が多くなり、風が立った。

船に荷を積み、岸壁で船を見送っていると、碇泊している数隻の漁船の纜が、いつもより高い悲鳴をあげるのに気がついた。しかし足もとの岸壁は日に照らされている。厚い雲間の水いろの西空から、日が射しているのである。そこのあまり広くない晴れ間には、額縁に納められた絵のように、遠い光った雲の幾連が静まっている。それは蛇籠に夥しい光りを詰めたような形の雲である。……

――帰ると定次郎がひどくあわてている。ラジオのニュースで、颱風が予想よりもずっと早く近づいていることを知ったのである。二人は徹夜の覚悟で、用意していた長大なベニヤ板を温室の窓枠に斜めに張りつけ、さらにその上から筵をかけて硝子を護る、面倒な作業にとりかかった。

昨夜ああいうことがあってから、優子は幸二を避けて、頑なに口をきくまいとしていた。こんな態度は忙しい仕事にたびたび支障を来したが、幸二は大人しくよく働らいた。顧みられない子供が、一つ事に打ち込むような一心な様子で。

彼が自分の労役に何かの価値を見つけるには、むしろこうした見捨てられた状態が必要だった。夜に入って次第に募ってくる風や、それにまじる雨滴に打たれて、幸二には自分のひたすらに押し黙った労役の持続が快かった。これこそ「与えられた」仕事というものであり、囚人を重苦しい宿命の観念から救うものがこの種の仕事だ。

夜が更けた。彼は思いのほか早く捗った仕事の仕上げ、最後の温室の屋根にとりかかっていた。架けられた梯子の頂きから屋根へ昇り、硝子に踏み込まぬように用心しながら、屋根にまたがって、定次郎のさし出す長いベニヤ板を受けとった。

この夜、温室は作業のために屋内の蛍光燈を皆ともし、その明るさが庭に只ならぬ風情を与えた。空には厚い雲がひしめき流れていた。幸二は自分の股倉から、戸外の風とはかかわりなく明るく静まっている温室の内部の、花々のたたずまいを眺め下ろした。花々がこれほど自足して、人に見られることを意識せずに、夜の空気をしめやかに呼吸しているところを、幸二はまだ見たことがない気がした。しかも無人の温室の中には、そよとも動かない原色の花や葉のぎっしりした聚落がかもし出す、一種の危機の感じがこもっていた。

幸二は雨まじりの風にさらされている身を、マストの上の水夫のように、快活な均衡の裡に保ちながら、すでに馴れた手つきで次々と釘を打ち、打ちおわると少し体をずらして、すぐ次の一枚に釘を打った。金槌の音は、なまぬるい風を貫いて冴えた。顔にふりかかるかと思えば遠のいて、彼方の合歓の樹の梢にそそいでいるまばらな雨。頭上に感じられる重々しいしかも激越な空。風が幸二の心に、何か一つの言葉も瞬時に無限の遠くまで運び去られるような、大ぶりな感情の自由を与えた。本職の大工をまねて、数本の釘を口に含んだ。その鉄の味のいいしれぬ甘さ。……彼はおそろしいほど自由だった。

母屋の縁先からスラックスを穿いた優子が庭へ出て来るのが見えた。彼の自由は、この不機嫌な女主人の姿をみとめて、たちまち萎えた。時はいつもの夫婦の就寝の時刻をはるかにすぎていた。優子は両手にコカコーラの罎らしいものを提げている。働らいている二人の労をねぎらおうとして、出て来たのであるらしい。依然として幸二に口をきくまいとしながら、しかし定次郎一人に呼びかけるには大きすぎるその声が、風にちぎれて、幸二の耳にもきれぎれにきこえた。

「御苦労様ね。少し休んだら？　私も何か手つだうことはない？」

そのとき、ぞんざいに被ってきたスカーフが、突風にあおられて優子の髪を離れ、高く舞い上って、幸二の前の硝子屋根の一劃に落ちた。幸二はスカーフが外れると同時に、優子の髪が、焰のようにもつれてひろがる美しい獣めいた一瞬を、屋根の上から見た。

優子は両手に罎を提げていたので、スカーフを風から奪い返すことができなかった。罎を温室の入口に置き、両手を掲げて、顔の半ばを温室のあかりに青白く照らされて、その笑わない顔が、はじめて幸二に向って祈るように挙げられた。

幸二は手をのばしてスカーフをとった。極薄地のジョーゼットの黒に、手描きで金の蔦が描き散らしてある。彼は咄嗟に口から釘を吐き、重石代りにこれをスカーフにくるんで、こう叫んだ。

「投げるよ。重石が入ってるから、体を避けて！」

優子はうなずいて、幸二の体の動きを注視した。風に巻かれながら温室の屋根にまたがって、投擲の姿勢に移る青年の姿を、動揺する灰いろの夜空を背に、優子はやさしい感動を以て眺めた。

スカーフは黒い小さな塊りになって温室の前の三和土に落ちた。優子は近づいて、見馴れぬものに触るように、おそるおそるスカーフに手を触れた。それから釘を払い落し、髪をしごいて、今度は念入りに、白い顎の下でスカーフの端を固く結んだ。そして立上って、屋根の上の幸二へ手を振った。

優子は昨夜からはじめての微笑を見せた。幸二はブルー・ジンスの腿で、強からず緩からず、硝子の屋根の斜面を締めつけながら、体は却ってそこに縛められたようになった。これが優子の身勝手な「和解の合図」だった。

＊＊＊

颱風は結局西伊豆を外れて去った。折角施した防備の板を、全部又取り去るべきかどうか、幸二は定次郎と気の永い議論をした。その結果、日当りを遮らない程度に、半ばを残すことになった。颱風は又いつ来るかもしれなかったからである。

数日後、朝のうちから優子にいいつかっていた花を、午後になって幸二は泰泉寺へ届けに行く。彼は何となく和尚に会いたかったし、和尚は又、彼が来るたびに必ず引止めて、茶を饗した。そして蜜蜂があいかわらず低吟している裏庭の縁先に座蒲団をすすめた。

覚仁和尚は何一つ探りを入れるような態度は見せなかったが、幸二の顔を見るとから、歴然たる寝不足の赤い目や、焦躁がかり立てる不安定な快活さから、何かを嗅ぎ取ったように思われた。

もちろん幸二も何も語らず、語るためにここへ来たのでもなかった。風のはげしかった夜、優子とのつかのまの和解のあとに、自室へかえった幸二は、いつもとちがう気配を感じた。彼に何の断わりもなく、隣りの十二畳は夫婦の寝室になっていた。幸二はその晩は激しい疲労のために寝てしまったが、あくる晩は眠れなくなった。『やがて馴れるだろう』彼はあの汚れた湯槽、三分おきのブザーにさえ馴れたのだ。しかし、いずれにせよ、馴れるには永い時間が要り、また、馴れたときには何事かがはっきり終ることも明白だった。

幸二は優子に、自分の部屋を階下の定次郎の部屋の隣りにでも移してもらうという中入れを言い出しかねた。何故なら優子が何ら幸二に断わりもなく、(明らかに逸平の意志に従って!)、そうした以上、幸二の自尊心は、そのまま自分の六畳の小さな城を衛るほかはなかったからだ。

ところでこんな草門家の小さな模様替えは、その明る日にはたちまち村じゅうの人の知るところとなっていた。通いの小女が告げ廻ったのである。誰もかれも、草門家の奇妙な「家族」がとうとう行き着くところまで行ったことを喜んでいた。いろんな背徳の予測のたのしみ。不具の子を持った何人かの母親は、やがて草門家に、伊呂じゅうのどんな不具よりも際立って醜い不具の子が生れることを期待していた。それはきっと遠からず生れるだろう。そして夕焼けの港の、あかあかと半面を染められた沢山の油のドラム缶のあいだを、追われもしないのに鬼ごっこのつもりで逃げ廻り、そうかと思うと、若い元気な漁夫たちにからかわれたり、いたぶられたりしながら、なお懲りずまに、涎を垂らしながら積荷を手つだおうとする、彼女たちの二十歳の息子のようになるだろう。……

噂はその日に和尚の妻に告げられ、和尚もすぐこれを知った。和尚は丁度法要からかえったところだったが、これをきくと、黙って黒い法衣の袖を両方へひろげるようにした。「碧巌録」の「雲門却って両手を展ぶ」を思い出していたのである。

――幸二に対する和尚のやさしさは、その気持のよい小さな細い目に溢れるばかりに感じられた。幸二に何を与えることができるか、自分の心の裡に測っている様子が、ありありと見てとれた。和尚は血色のよい頰に笑窪を刻んで、非常に慎重に、おずおずとこう問いかけた。それは和尚が自分の小さい肖像画からはみ出そうとするしるしであった。

「何か儂でできることなら、何でもしてあげようし、相談にも乗ろう。儂の見るところでは、よほど心配事があるようじゃね。悩みがあったら、吐いてしまったほうがええ。魂というものは引込思案じゃで、暗いところにうずくまって日光を嫌うのじゃ、だからしてしじゅう天窓をあけておかんと、魂は腐れてしまう。腐りやすい生雲丹のようなものじゃ」

幸二は有難く思いながらも、人の心や魂に対するこうした過度の礼儀のよさは何事だろうと訝かった。和尚はあたかも憚りながら幸二の罪の話をするような調子で、魂の話をしたのである。

幸二には今この瞬間、和尚が魂を扱う拙劣な手つきが見えるような気がした。馴れない漁夫が魚籠から海老をつかみ出すようだ。和尚がもう一寸扱いに馴れていたら、まるで幸二の中に魂なんか認めない顔つきで近づいて来て、幸二も気づかぬほどあっという間に、彼の中から魂の首根っこを見事つまみ出してみせるべきだった。そうしたら幸二は否も応もなく、和尚にすべてを打明けただろうと思われる。

この禿げた頭、このつやつやと血色のいい髭のない丸顔、……それが訥々とこちらの魂について語りかけ問いかけて来るのは、幸二を尻込みさせるばかりだった。『どうして魂だなんて言うんだろう。俺みたいな若い者をもっと巧く騙せないのか。魂だなんて言わずに、男根と言ったらいいじゃないか』

和尚は押し黙っている幸二に、さらにこう言った。

「優子さんは、あれは立派な婦人で……」

「ええ。立派な人ですとも」幸二が急に遮った。「俺の大恩人です。しかしあの人を良く言って下さるのは、村で和尚さん唯一人でしょう」

「いいじゃないか。儂が太鼓判を押すんじゃ」

「俺たちはみんな極楽へ行けますね」

こんな拒絶で会話はおしまいになり、沈黙は蜜蜂の唸りに占められた。幸二はむしろ、和尚の豪快な叱咤を望んでいたが、それは無いものねだりというものだろう。こんな若者の魂のすぐ閾際まで踏み込みながら、和尚はおずおずと退いた。幸二はそこに、前科者に対する世間の控え目な敬重の態度とよく似たものをしか見出さなかった。

人の遠慮に対する誤解の特権を身につけたこんな青年には、彼自身のこれ見よがしな「大人しさ」だけが、唯一の純粋な遠慮、純粋なつつましさと感じられた。彼は大いそぎで、目にもとまらぬ早さで、相手に失望するのであった。

和尚にはこんな突風みたいな速度がよくわからなかった。そこで一旦しりぞき、ゆっくりと未来に希望をかけた。この青年はいつか心をひらき、素直に和尚の指示を仰いで、この年頃の青年の誰もが達しない高所に達するにちがいない。……

裏庭にはきびしい西日が当っていたが、雲の多く渡る日で、庭面はしばしば翳った。そのとき幸二は向うの坂をゆるゆると下りて来る逸平夫婦の姿を認めた。あたかも逸平の散歩の時刻である。

幸二は突然、その夫婦の目から身を隠したい衝動にかられた。本堂に逃げ、金襴の金糸のほつれた幡を掛けた柱のかげ、あるいは逆蓮頭の勾欄をめぐらした須弥壇の昼なお暗い片かげに隠れれば、そこまで彼らが追ってくることはあるまい。そして幸二は永久に隠れてしまう。そうしたらどんなにいいだろう。

しかし、夫婦は庫裡を見下ろせる地点に急に立止った。幸二はやむなく縁先から庭へ下り立った。ところが夫婦は幸二を見つけて立止ったのではなかった。丁度草門温室への坂を上ってくる郵便局長夫人に会ったのである。夫人は花の師匠で、流派の師範免状を持っていて、村の娘たちを教えており、温室の直売の華客であった。

優子は夫人に花を見せるために温室へ戻ろうとした。そのときはじめて泰泉寺の裏庭に立っている幸二の姿を見出して、名を呼んだ。

「丁度よかったわ。幸ちゃん。今日はあなたが散歩のお供をして頂戴」


奇妙なことだが、それは幸二がここへ来て三ヶ月にもなるのに、逸平と二人きりで永い時をすごすはじめての機会だった。又よく考えると、逸平がアルバイト学生の幸二を気まぐれに一度酒場へ誘ってから、二人の人生でまだやっと二度目の機会だった。幸二はしらずしらずあの酒場の逸平と今日の逸平とを比べずにはいられなかった。

こんな病人は、日が落ちてから散歩に出ればよさそうなものを、逸平はいつも西日のさかりに麦藁帽子をかぶって出るのを好んだ。彼は田舎の広大な夜を怖れていた。そして散歩は、しばしば永い休憩のために、大そう時間がかかった。

逸平の散歩が幸二に預けられ、二人が優子たちに背を反して坂を下りだすと、逸平はいつもながらの和やかな微笑をうかべた。

幸二はこの眩ゆい昼の中で、寝苦しい夜を想像することができなかった。どうして夜が、こんな無力な微笑をうかべた病人のおかげで、幸二に重くのしかかるのか。昼がこれほど自在でありながら、どうして夜があんなにままならぬものに変るのか。

眠られぬ夜のあいだに、幸二の耳はわずかな物音にもさとく、逸平のかすかな鼾、やはり眠られぬ優子の時折洩らす吐息を襖ごしにきく毎に、体のそこかしこに点火されるような思いがした。隣りの十二畳は深夜の温室のようだった。硝子屋根を洩れる星あかりの下で、植物は微妙な化学作用をつづけ、あるかなきかの身じろぎをし、葉を落し、花瓣をゆるませ、しつこい匂いを放ち、或るものは立ったまま徐々に腐っていた。優子が寝返りを打つ、麻蒲団の大仰なうねりの音。蛍の点滅のようなほのかな吐息。蚊帳の波立ち。……とうとう或るとき、優子は幸二の名を呼んだ。幸二の耳は幻覚かと疑ったが、優子の名をひそかに呼び返すと、闇の中に遠い村の灯を望むように、再び幸二を呼ぶ声があった。そのときうなされた逸平が動物めいた呻きを立て、「あ」と叫んで身を起す気配がしたので、それなりになった。……

——平地へ下りる。一面の青田と玉蜀黍畑が風にそよいでいる。青田は風が渡ると、しなやかに白い葉裏を見せ、雲がとおるたびに、喪心したようになった。そして又日がかがやき出す。一条の乾いた白い道が、ぎらぎらと浮き上る。

幸二は逸平にわからせるために、ゆっくり話したり明晰に発音したりするのは徒爾ではないかと考え出した。細い交流の小径をとおして、意志を伝えようとするよりも、わからせようとする努力が、すべてを台なしにしてしまうのだ。幸二は言いたいことが山ほどある。逸平にわかってもらいたいことも、知りたいことも山ほどある。かまわずに喋るべきなのだ。すると突然、今まで越えかねていた柵を踏み越えて、無礼に話しかける勇気が湧いた。

「なあ、俺はあんたの遺口がどうしても呑み込めないんだ。どうしてそんなににやにやしながら、俺や優子を苦しめることばっかりするんだい。前から訊きたいと思っていたけど、俺が憎いんだろう？　え？　そうだろう？　そんなら男らしくはっきり言うべきだよ。都合のいいことだと、まんまと意志を通すくせに、都合のわるいことは病気のせいにして、わざと腐るまであいまいにして放置っておく。な、そうだろう？」

　幸二は歩いている逸平の肩を軽くつついた。逸平はよろめいて、杖にようやく体を支え、口辺にはなお執拗に微笑をにじませながら、軽く不明瞭に首を振った。

　これだけ早口にまくし立てると、幸二の気持は軽くなり、あまつさえ、奇妙なことに、無力な友に対する故ら乱暴な友情のようなものさえ湧いた。

「そうじゃないのかい？　へえ、こいつはおどろいた。俺の言うことがみんなわかるんだな。何ていやな奴だ。あんたみたいにいやな奴は見たことがない」

するとは逸平はもう一度無力に首を振った。幸二は粗暴な友情が拒まれたような白けた気持になった。それに、いざこうして喋ってみると、言うべきことは至極簡単で、そんなに多くの言葉を要しないような気がした。すべては無言のうちに言い尽され、口に出すと脆く崩れてゆくようなことばかりである。しかし幸二は敢て喋りつづけた。この死灰のような男を相手に、人間らしい語りかけができるのは、今を措いてないような気がしたからである。

「あんたは本当は怨んでいるんだろう。怒っているんだろう。俺の顔を見たくもないし、見るたびに恕せないと思うばかりだろう。でも、ここへ招ばれて来るとき、俺はあんたの顔を見たかったんだ。見るのが怖いくせに、どうしてだか、見たかったんだ。そして一生あんたのそばにいれば、今度こそ俺はまともな人間になれるだろうと望みをかけたんだ。わかるかい？　玩具をこわした子供を本当に後悔させるには、ずっとそのこわれた玩具と一緒に暮させることだ。決して新らしい玩具を買ってやっちゃいけないんだ。あんたと一緒にいる限り、俺は自分のこわれた人生とずっと仲好く暮せるような気がしたんだ。わかるかい？」

逸平は口もとに微笑を保ちながらも、目は理解しがたいものをつきつけられた恐怖から、落着きなく動いていた。『この男の精神が出口のない壁のなかでじたばたしはじめた』と幸二は考えた。『何だかわからぬなりに、外界の物音、ドアを叩くノックの音だけはきこえるんだ』今日は逸平は「くたびれた」とは言わなかった。むしろ幸二からのがれようとするかのように、郵便局の前をとおって村社に達する広い埃っぽい往還を、左足と杖を元気よく前へ出し右足を不本意にそれに従わせる、例の歩き方を機械的にせっせとつづけた。

小さな石の太鼓橋のむこうに巨大な楠や老杉にかこまれた村社の社殿が、わずかに六段の石段の上に鎮まっているが、境内はごく狭く、神域の静けさは、すぐ左隣りの石切場の採掘の音に乱されていた。ここは良質の輝石安山岩を産し、K石材がこれを掘り出して、船で主に千葉県へ移出していた。夏の日ざかりのあいだも、コムプレッサーの音は間断なくひびき、あたりの空気に昆虫の翅のような微妙な震動を与えた。

逸平はとうとうここまで歩きつづけた末、神社の太鼓橋の低い石の欄に腰を下ろした。そこは深い木蔭に守られ、そこからは境内も、又、石切場も眺め渡され、逸平は石の切り取られて崩れ落ちる姿を眺めるのが好きだった。

「あつい」

と逸平は言った。

「暑いね」

と幸二も言って、自分の汗を拭った汚れた手巾を、粒立つ汗をうかべている逸平の額にあてた。今まで幸二が懸命に喋った言葉に比べて、この言葉だけが人間の言葉らしい感じがした。逸平は人間世界との交流をこの一点だけに引き絞って、ほかのものはすべて拒絶して、この一点だけから他人を支配しようとしているのではないかと思われた。

「あんたのその恰好を銀座の女たちに見せたいね」と幸二はせい一杯毒々しくつづけた。「そのカーキいろのダブダブのズボン、その運動靴、その野暮な開襟シャツ、その麦藁帽子を見たら、みんなは腹を抱えて笑うだろう。ときどき垂らすその涎。あんたは一体誰のためにそんな仮装をしているんだい。優子に言わすと、あんたの着ているものは、みんなあんたの趣味だというんだが、昔と変らないのは、着ているものの凝りすぎた厭味だね。あんたは『罪』の役を演じ、罪の姿に化けている。誰に見せるためと言えば、優子と俺に決っている。俺はあんたのその化けの皮を剥いでやりたいんだ。あんたを今みたいな形にしているのは、決して俺のせいじゃない。あんた自身の意志なんだからね。そうだろう?」

「い……し?」

と逸平は微笑を湛えたまま、訝かしげに訊いた。しかし幸二は耳を貸そうともしなかった。

「そうなんだ。あんたの意志なんだよ。俺にはだんだんわかって来たんだ。ありもしないもので俺たちを脅しつけ、しかもそのありもしないものを俺たちに不可欠のものと思い込ませる。あんたは巧くやってるよ。あんたなしには、俺と優子は結ばれない。しかもあんたがいる限り、俺と優子は結ばれない。こんなふしぎな関係を作り出したのは、あんたの一糸乱れない頭の働らきさ。俺たちはもう、罪の考えなしには接吻もできず、その罪の考えが接吻の味を灰にしてしまうんだ。あんたは実に巧く身を処している。人間という人間があんたの前に平つくばるのを待っている。それがあんたの永い望みだったんだ。そうだろう?」

幸二が気がつくと、逸平は何も聴いてはいず、石の欄の上に身をかがめて、髪切虫がそこに来て止ったのをじっと見ていた。麦藁帽子をその上に伏せようとして躊躇している姿勢がそのまま動かず、髪切虫も木かげに冷えた石のおもてにじっとしているので、逸平は麦藁帽子と髪切虫のあいだの不動の距離を、何かの他力が急につづめてくれるのを待っているように見えた。

幸二はその衿首をつかんで引き寄せた。逸平は体の重心を失い、腰をわずかに石の欄に残したまま、萎えた四肢は浮んだようになり、首を傾けて一心に幸二の顔を窺っていた。

「おい、俺の言うことをちゃんと聴け。そんな真剣な顔をしなくてもいいんだよ。いつものように笑ってみな」

幸二は左手の人差指で、逸平の下唇を軽くこすった。唇はたちまちほどけて、笑っている幸二の口を模写するように、いつもの微笑の形になった。

「いいか、ちゃんと聴くんだぜ」と幸二は手を離して、喋りつづけた。「あんたは本当のところ、今の自分の状態が満更でもないんだ。世界中の人が自分をお手本にし、自分のとおりになったら、それが救済だとさえ思っている。あんたはともかく生きている。いくら片輪になっても生きているということは一つだ。だからあんたは、若いときの花やかな生活だの、人を小莫迦にした芸術的著作だの、収拾のつかなくなった女道楽だの、そんなものの続きにあらわれたすばらしい休暇を送ってるんだ。絶対の休暇。あんたは俺たちの上に、そのからっぽのすばらしい休暇をいつも見せつけているんだ。永年心に抱いていた考えを、今は公然と見せつけることができるんだ。『人間なんて大したものじゃない。……あ……あ……あ』そうして涎を垂らす。人の大事にしている観念を、片っぱしから訊き返して、無意味なものにしてしまう。『意志?

あ……あ……あ』あんたは魂の荒廃を自分の権利にしてしまい、人にそれを護るように命令する。——え？　そりゃあみんな好きではじめて、好きでやってることだろう？　それなら俺のどこが悪いんだ。俺のどこが憎いんだ。言ってみな！　言ってみな！　俺が病院の前庭でスパナを拾ったのが悪かったのか？　あれはあんたが、優子とのあいびきの場所を嗅ぎつけて、前以てあそこへ置いといたのじゃないのかい？　え？　言ってみな！　俺のしたことのどこが悪いのか、言ってみな！」

そのとき石切場の半裸の人夫たちはあわただしく二手に分れ、大きな石塊の落下をのがれた。石は砂煙をあげて崖をころがり落ち、新鮮な断面を日にきらめかせながら、丈の高い夏草の茂みにまで届いて、不器用に鎮まった。人夫たちの汗だらけの逞ましい背は、白い石の粉にうっすらと覆われていた。

石の崩壊を見た逸平の顔には、何とも言えない幸福な表情があらわれた。目には恍惚を湛え、鼻はこの自然の小さな崩壊のさわやかな死の匂いを嗅ぎ、日に焦けた頰にはこころもち赤みが射した。白い歯をあらわした逸平の常の微笑は、この瞬間、幸二の目にはほとんど美しく見えた。

幸二は自ら鼓舞するようになおも喋りつづけた。喋っていないと逸平の沈黙が彼の心の重心を失わせ、彼の言葉を逸平が何一つ理会していないという現実の事態、この気味のわるい深淵を覗かせられるような気がしたのである。

「正直を言うと、俺はこうも考えたよ。俺があんたの頭をスパナでぶちのめしたおかげで、あんたの思想は完成し、あんたの生きてる口実が見つかったんだ、と。人生とは何だ？　人生とは失語症だ。世界とは何だ？　世界とは失語症だ。歴史とは何だ？　歴史とは失語症だ。芸術とは？　恋愛とは？　政治とは？　何でもかんでも失語症だ。それでみんな辻褄が合い、あんたが前から考えていたことが、ここですっかり実を結んだのだ、と。

　でもそう思ったのは、あんたの中に理智だけは壊れずに残っていて、文字板を失くした時計みたいに、機械だけは威勢よく正確にチクタク動いているのだろうと想像していたころの話さ。今じゃあんたの中には、何もないことを俺が知っている。王様の死が極秘にされて、永いこと喪が発せられない国の民衆みたいに、とっくに嗅ぎつけて知っているんだ。

　草門家はあんたの中のからっぽな洞穴を中心にして廻りはじめた。座敷のまんなかに深い空井戸が口をあけている家というものを想像してみるといい。空っぽな穴。世界を呑み込んでしまうほど大きな穴。あんたはそれを大事に護り、そればかりか、穴のまわりに優子と俺をうまい具合に配置して、誰も考えつきそうもない新らしい『家庭』を作り出そうという気になった。空井戸を中心にしたすてきな理想的な家庭。あんたが俺の隣りへ寝室を移したときに、『家庭』はいよいよ完成に近づきだしていたわけだ。やがて三つの空っぽな穴、三つの空井戸が出来上り、それらが傍もうらやむ仲の良い幸福な家庭を築き上げる。それには俺も誘惑を感じる。すんでのところで手を貸したくなったりもする。やろうと思えば事は簡単だからだ。俺たちが苦悩を捨て、自分たちの中にもあんたと同じ寸法の穴をうがち、あんたの見ている前で、俺と優子が、何の煩らいもなく、獣の戯れみたいに一緒に寝ればそれですむんだから。あんたの見ている前で、快楽の呻きをあげ、のたうちまわり、あげくのはては鼾をかいて眠ってしまえばいいのだから。

しかし、俺にはそれはできない。優子もできない。わかるか？　あんたの思う壺にはまって、幸福な獣になるのが怖いから、俺たちには決してできない。しかも、いやらしいことに、あんたはそれを知っているんだ。

滝へピクニックに行ったときから、俺には徐々にわかって来た。今こうして喋っているうちに、それが突然はっきりしたんだ。優子はあんたの誘いに乗って、あやうくあんたの思う壺にはまりそうになりながら、優子だってやっぱりできない。あんたはそれを知っ、て、い、る、んだ。

一体、あんたは何を望むんだ。できないことを知りながら誘惑する。逃げ場のないことを知りながら追いつめる。蜘蛛のほうがあんたに比べればまだましだな。蜘蛛はともかく自分の糸を紡ぎ出して、獲物をからめ取ろうとするんだから。あんたは自分の空虚を紡ぎ出さない。ほんのこれっぽっちも支出しない。あんたは空虚の本尊、空虚の世界の神聖な中心でいたいんだから。

あんたは何を望むんだ。言ってみな！　何を望むんだ」

幸二の質問は次第に切実になり、もう理解されない独り言には堪えられなくなった。彼は何とかしてこの問いかけを逸平にわからせようとする、元どおりの焦躁の虜になった。すると彼の勢い立った口調は萎え、卑屈な問いかけの調子が戻って来た。

「何が、ほしい？　え？　本当はどうしたいんだ？」

逸平は永いこと黙っていた。道のおもての礫のひとつひとつが宿している影は、折から港の西空にはじまった夕映えのために、路上に長い尾を引いた。するうちに逸平の目には、幸二のはじめて見る涙が、箔を置くように薄くにじんだ。

「家を、……家に、かえりたい」

こんな子供っぽい愁訴をきくと、幸二は裏切られた思いがして、怒りにかられた。

「嘘だ。本当のことを言いな。それまでは俺が帰らせない」

又逸平は永い沈黙に陥った。そして石の欄に斜めに腰かけたまま、花やぐ西空をじっと見ていた。幾多の感情を表現しようとするあまり、昔よりよく動くようになった逸平の目は、健康な機敏な人の活々とした目づかいとはちがって、いつも只ならぬ暗い動揺を含んでいたが、夕映えを見るこのときの目は、完全に静まって、黒目の裡は燃えさかる西空を虚心に映していた。そこの空には卵黄いろの焔が流れ、硬く凝固した雲の縁は黄と紅いに囲まれていた。入江のむこうの岬は、まだ没し切らない日のために不自然に明るい緑を示し、入江の距離は消えて、こちら側の家並よりわずかに秀でた船の檣や、砕氷塔などの黒い突出物が、むこうの岬にじかに接しているように見えた。紅いの反映は思いがけない遠くにまで、散らしたインクの点滴のように及んで、天頂の雲の一角もかすかに染められていた。劇しくて、また異様に静かなこの広大な夕映えは、逸平の動かない瞳のうちに精密に収斂され、その憂鬱な微細画は、逸平の目ばかりではなく、瞳を通じて空白な内部をまで、隈なく占めてしまっているように思われた。

逸平は右手に杖を托けると、自由な左手の人差指で、空中に何か字のようなものを書いた。字劃は不当に乱れ、幸二はどうしてもその指のあと、空に描かれた透明な字のあとを辿ることができなかった。

「言ってみな」

と幸二は今度は医師のような慎重なやさしさで訊いた。

歯のあいだをとおる乾いた擦過音に力をこめ、言いちがえることを惧れて二様に言いかえるいつもの癖で、逸平はこう言った。

「死。……死にたい」

*
**

二人が帰り道を辿ったとき、青田の間をゆく往還のむこうから、優子のやって来るのが見えた。帰りのおそいのを心配して、局長夫人を送りがてら、二人を迎えに来たのである。

ほとんど没しかけた日を背にしてゆっくりと近づいてくる優子の影は、早くから逸平と幸二の足もとに届いた。紺地の浴衣のために白さのまさって見えるその顔に、近づくにつれて、濃い目の口紅があでやかに引立った。

「遅かったのね」

「いろいろ話をしてたもんだから」

と幸二が言った。

「『話』ですって！」

優子は折から夕日を斜めに受けて、微細な襞さえ見える薄い唇を、紅が照るほどに急に口角へ引き伸ばして、蔑むような故らの驚きをこめて言った。

「夕方になったら涼しくて気持がいいわ。啼いてる蟬も、このごろはかな、かなのほうが多いくらいね。どうせ出て来たんだから、もう少し港のほうまで散歩しない？　あなた、お疲れ？」

逸平は自分へ向けられる優子の質問は、ほとんどすらすらと理解した。麦藁帽子の下にいつもの微笑が浮んで、帽子がゆるやかに左右へ振られた。

「じゃ、ゆっくり行きましょう。御苦労様。今度は私が代るわ」

優子がこうして中央になり、右手に逸平が、左手に幸二が並んで歩き出した。真西へ向う往還は、やがて県道を横切って、まっすぐに港へ達するだろう。

「辰巳丸の乗組員の家族の方、五日分の米の配給をしますから、すぐ来て下さい」

と漁業組合の拡声器の声が山腹に谺した。ふだんは耳馴れて、聴きながら聴いていないが、休漁期のおわりも近く、港の船もみんな出てゆくのが間近だと思うと、いつになく新鮮に聴かれた。松吉の船もすでに北海道へ向って船出をしていた。

彼方の県道に黄いろい雲のようなものが立ち、だるい震動が伝わった。ゆき過ぎたバスの車体は、半ばその土埃に包まれて見えなかった。空の夕映えは徐々に色を失い、日はすでに向うの岬に沈んだので、こちらへ向けた岬の顔は真黒になった。

優子は逸平をいたわりながら、その左手はときどき、幸二の右手とぶつかり合った。時には柔らかく、時には痛いほど。はては優子の指は、幸二の指を闇の中でのようにまさぐって、軽く握って又離れた。幸二は優子の顔を窺ったが、顔はまっすぐに行手へ向けられて、横顔には抑制のいかついほどの線があった。そういえば、瞬時に握って離れる優子の指にも、疲れた痙攣的な力がこもっていた。

幸二が言い出した。

「俺はいつも思うんだ。俺の人生はひょっとすると、この人のためだけにあるんじゃないかって」

「この人って逸平さんのこと?」

優子ははぐらかすつもりでそう反問したのだが、幸二はもちろん逸平のつもりで言ったのである。

「そうだよ」と幸二は項を垂れ、暮れかけた白い道の上に、何かの儀式の行列のように、逸平の歩度にならって、ゆるゆると交互にさし出される三人の足先を見つめながら、重い澱んだ声でつづけた。「今まで何やかやあったけど、結局、俺はこの人の言うとおり望みどおりに行動し生きて来たんじゃないのかな。それならこれからも、そうして行くほかはないだろう」

幸二はこれをつとめてさりげなく言ったのだが、これに対して示した優子の直観の能力は、幸二の目を見張らせるものがあった。優子は軽く肩を慄わせた。それから急に鋭くその顔を幸二のほうへ振向けて、彼の引き締った顎の線をなぞるように眺めた。幸二がこんな穏和な言い廻しの中に匂わせた暗い重い実質を、優子はあやまたずに見抜いたのである。

幸二は優子のこんな直観力に愛のしるしを見て幸福を感じた。そうでなくてどうして瞬時に、こうした微妙な、光りの加減で辛うじて見えるあるかなきかの蜘蛛の糸のようなものが、二人を繋ぐことができただろう。

優子は幸二の言葉があらわにした暗く煌めく鉱物のような実質の前に、ほんのすこしたじろいだようだった。しかしそれは、今幸二の口から出るまでもなく、かなり以前から、二人の語られない共通の言葉であったにちがいない。依然として逸平の歩度に合わせて歩みを運びながら、優子は長い睫を伏せて目を閉じた。再び目をひらいたとき、遠い夕焼けの燠は、優子の瞳に火を点じた。

優子がもはや、今までのとりとめのない不誠実な女ではなくなって、別の女に成り変ったのを幸二は認めた。優子はいきいきとした眼差の、測りがたい力にあふれた女になった。そしてこう言った。

「そうだわ。あなたはそれで行くべきよ、幸ちゃん。私もそれで行くわ。今更途中で引返すわけには行きませんもの」

——港へ出たときは、逸平はもちろんのこと、優子も幸二もひどく疲れていた。日は暮れかけて、湾の水の笹立ちの穂先だけに光りがあった。燈台は灯をともし、その明りが港や対岸の岬をめぐる扇なりの拡がりは、まだ定かでなかったが、碇泊している船腹にも、対岸のオイル・タンクにも、二秒毎のしらじらとした閃めきがまつわるさまは感じられた。

逸平は石油缶によりかかって崩れるように坐り、優子はそのかたわらにつくばい、幸二一人は立っていた。三人は涼しい夕風に吹かれて、見るともなしに暗い対岸のけしきを眺めていた。

「まだみんなで向う岸へ行ったことがないじゃないの。近いうちに伝馬(てんま)を定さんに漕(こ)がせて行きましょうよ。写真をたくさん撮りに。そのためには暑くても昼日中に」

と優子が言った。

終章

私はもともと祝福芸能に興味を抱き、大学では松山教授についてその研究にはげみ、卒業論文の題目も、「祝言及び祝言職の研究」というのを自ら選んだほどである。卒業後も或る高校に教鞭をとりながら、休暇というと、まず母校を訪ねて松山教授から採集目安を与えられ、採訪旅行に出るのが、何よりのたのしみである。民俗学の学徒としての真のよろこびは、研究室の中よりも、こういう旅行の途次にあると云ってよい。

一九六×年の夏休みを、こうして私は、伊豆半島一円の採訪の旅に宛てた。元来半島というものは、雑多な民俗資料の袋のようなもので、そこには幾多の習俗が流れ込み、定着し、伝承されていて、意外な場所に意外なフォークロアの発見されることが多い。伊豆には各所に道祖神の信仰がひろがっており、賽の神と称されるそれらの神々は、実は障えの神であって、大てい丸彫りの石像であらわされ、他の土地からの闖入者を障えるのである。不漁のときは子供たちがこの石像を海へ投げ込んで、神をいじめ神に復讐するというおもしろい習俗もある。一方、伊豆半島はふしぎと三番叟の多く残されているところで、祝福の歌が海村民俗の中にいかに生きているかを調査するには恰好の土地なのである。

　私は西伊豆の久里村の船おろしに、船主の若い妻や若い娘が、新造船から水に投げ落される習俗、(これは一説には人間供犠の名残と考えられている)、そこで歌われる船おろし唄に興味を持っていたので、人の紹介で、進水式の日取にあわせてまず久里へゆき、このめずらしい習俗をわが目に眺め、村の古老から唄をもきいて、ここに数日滞在した。しかしここの船おろし唄はかなり俗化したもので、私を満足させるだけの往古の面影を止めていなかった。

　私は久里からバスに乗って海岸沿いに北上し、次の伊呂という小漁村に着いた。ここでは何の伝手ももたない私は、宿の主人に自分の採訪の目的を話し、古い唄を伝承している老人がいるかと訊いた。主人は、自分は知らないが、懇意にしてもらっている泰泉寺住職の覚仁和尚がそういうことに興味を持っているから、和尚に会うのが近道だろう、と語った。その晩、私は疲れてもいたし、宿で、採集した資料の整理などをしてすごした。

　あくる日も暑い盛夏の一日で、朝食ののち、私は宿の下駄をつっかけて県道をぶらぶら行き、右折して郵便局の前をとおり、更に左折して臨済宗泰泉寺の古い山門をくぐった。境内では子供が大ぜいあそんでおり、寺は何度かの改築を経たものらしいが、応永年間の古建築の威をとどめていた。私は案内を乞うて、覚仁和尚にはじめて会った。

伊呂村に滞在中、私は和尚の人柄に深く心を搏たれ、短かい間に格別に昵懇な交際に進んだが、和尚にしても、村の若い人たちが古い習俗へ日に日に背を向けてゆく現況を嘆いていたところへ、私を迎えて知己を得た思いがしたのであろう。和尚は初対面匆々、村社に伝承されてきた御船歌が廃滅寸前にあることを私に愬え、最後の伝承者を呼んで、私のために その唄を吟誦させてくれることになった。私は大いに欣んだ。

やがて来た老漁夫はまことに素朴な老人で、近ごろ体の具合が悪いので、声の調子も思わしくなく、いずれにしろこれが最後の吟誦になるだろうと前置きをした。

今は村社の御舟の行事自体が廃滅したのであるが、十数年前までは十一月三日の例祭の日に、十二丁の櫓の神幸船明神丸に目もあやな装飾を施し、成人社の青年が漕手になり、終日湾内を回漕した。船の中央には約一坪半の部屋があって、五人の歌い手が御歌をうたい、歌が果てると、赤い着物を着た踊り手が猿踊りを踊った。これはおそらく三番叟の変形であろう。奥羽諸方に残る三番猿楽に類似のものではないかと思われる。

伝承されているのは、御船歌をはじめ十二曲あって、これが船中で歌い了えられるには二日間を要した。御船歌、好帝、神揃、松揃、桜揃、淡路通、若者揃、小袖揃、恋づくし、高砂、四季歌まくら、かすり歌の十二曲であるが、私が聴くことを得たのは、神歌とも呼ばれる御船歌だけであった。

歌いはじめる前に、古い半紙に書かれた歌詞を筆写する機会を得たが、

「あら、目出度いな、嬉しや、目出度いのう」

にはじまる歌詞そのものは、ほうぼうに類型があって、さほどの特色は認められなかった。

「あら目出度う、初春の雪緋縅の着長は、都桜となりにける、又夏の卯の花の滝水に嵐川、秋になりてぞいつも軍に勝つ色の紅葉に紛う錦川、冬は雪げに空晴れて

……」

云々とある四季の抒述の件りは、忽ち私に、禁中千秋万歳歌の「浜出」を思い出させた。「浜出」には次のような章句がある。

「あら面白の谷々や。春は花さく梅ヶ谷、つづきの里や匂うらん。夏は涼しき扇ヶ谷、秋は露草ささめが谷。冬はげにも雪の下亀ヶ谷こそ久しけれ」

「浜出」という曲名は幸若舞にもあって、幸若舞の太夫はこの万歳から出たのであるが、右の歌詞はあきらかに鎌倉をほめたたえたものである。

又、

「思う仇を討ちとりて、我が名高く上げます、剣は箱に納めおく、弓矢袋を出ださずて」

などという個所は、組踊りの「万歳敵討」を思わせるのであるが、仇討ちの武張った主題は、現われるかと思うと、たちまち祝寿のやすらかな詩句のなかへ掻き消えてゆくのである。

さて伝承者は又しても悪声の言訳をしてから、のびやかに御船歌の最初の一段の吟誦にかかった。声は思いのほかに美しく、枯れてはいるが、なお長閑な海光の明るさを偲ばせるものがあった。

「あら目出度いな、嬉しや」

は一音一音を引き延ばして、次のように発声される。

「あーらーうん、めでんたいなーはんィ、うれしやヤァン」

さらに、

「えんそいれ」

「えん〳〵」

などの囃し言葉が随所に鏤められる。耳立つのはイ音の濫用である。

「えんそいれ若枝もえん〳〵さかよ」

は、

「えんそいれ、わーいかーえも、えん〳〵、さィかよハレィ」

「殿様」

は、

「とーいのさーえま」

という風に発声される。……

御船唄の採集は私をいたく満足させたので、しばらくこの村にとどまって、埋もれた民俗資料を気永に発掘する気持になった。そして足しげく泰泉寺に通い、和尚と雑談を交わしながら、その言葉のはしばしから、更に新らしい資料を得る緒を探ろうとした。

村へ来て五日目の夜であった。寺で酒を饗され、和尚と四方山の話をしているうちに、ふと和尚が語り出した一つの挿話から、私の興味は思わぬ方へ誘い込まれ、学問的興味を逸脱して、二年前にこの村に起った事件に対する好奇心でいっぱいになってしまった。

それは一人の青年が人妻と共に、その良人を絞殺した事件で、良人は失語症に罹っていたが、病気はそもそも、その更に二年前に、青年が与えた傷害に基づいていた、というのである。

私は和尚にせがんで、和尚が知るかぎりの細目を話してもらった。ふしぎなことは和尚がこの三人に等分の同情を寄せていることであったが、なかんずく、優子という女性が大そう私の興味をそそった。その面影も性格も、和尚のかなり詳細な説明を以てしても、模糊としたものに包まれていて、浮んでくるのは、せいぜいその薄い唇をいつも彩っていたという濃い目の口紅ぐらいなものである。このいかにも捕えがたいあいまいな画像が、私に、あたかもそれが、埋もれている古い美しいしかし奇怪な民俗、もし採集されたときは学問上の貴重な発見ともなるべき筈の、ごく秘かに伝承されて今まさに絶えなんとしている美しい民俗のように思い做された。

そこでいよいよ和尚が、たった一葉持っている写真を見せようと言い出し、手筥をあけに立ったとき、私は期待と不安のまじった心持に押しひしがれた。われわれが採訪に当ってたびたび経験することであるが、言語伝承や心意伝承の採集の場合は別として、さんざん能書を聴かされたあとで見せられる古文書が、つまらない代物なのにがっかりさせられることがある。私は実物の優子の写真に裏切られるのを怖れたのである。

幸いにして私の怖れは杞憂に終った。写真は多少露出過度の上に、三人とも白衣の姿なので、白っぽく撮れすぎているが、鮮明であって、まず第一に、人物のなごやかな親密さが奇異な印象を与えた。中央の白いワンピースの優子は、畳んだパラソルを手に持って笑っている。大まかな花やかな顔立ちに、そう思って見ると、却って古拙な悲しみが窺われ、唇は薄いが艶麗で、私の幻が裏切られなかった喜びと共に、和尚の話術に誇張のなかったことがよくわかった。

写真は事件の前日に、幸二が寺へ常のように花を届けに来たとき、和尚へさりげなく贈られた。事件が起ってから考えると、これが実に思わせぶりな贈物であることは、誰しも考えることだが、それについては後述しよう。

和尚が私に語った話のうち、もっとも色濃い印象を残しているのは、殺人の翌朝の優子と幸二の姿である。

早起きの和尚は朝まだきの裏庭に下り立って掃除をする習慣がある。空が白みかける。そのとき草門温室へ通ずる坂道を、下りてくる跫音に気がついて目をあげた。通例草門家からこんな早朝に人の来ることはない。

見ると坂道を優子と幸二が手をつないで来るのである。折しも東の山から曙の一閃が坂を照らし、二人の姿は一日の最初の光りに映えかがやいた。その顔には幸福が充ち溢れ、姿も足取も自在に若々しく、二人がこれほど美しく見えたことはこれまでになかった。露のしとどな道を、まだ残る朝の虫の声に包まれながら、二人が下りて来る姿は、まことの花嫁花婿のように見えた。……

和尚が彼らは何か途方もない吉報を持って訪れたのだと思ったのも無理はあるまい。しかし彼らは、これから自首するために和尚の帯同をたのみに来たのである。

二人はゆうべ深夜に及んで、細紐で逸平を絞殺したことを自白した。幸二はしかも逸平の嘱託殺人であると主張した。和尚は昨日の午ごろ、幸二が花と共に三人の写真を届けに来たことを証言した。これは幸二が、発作的犯行ではなく、嘱託殺人であることの、伏線を引いたものとも思われる。しかし、直接の証拠はもちろん、情況証拠も何一つなかったので、嘱託殺人の申立ては認められなかった。却って奇異な写真の贈物が、予謀の事実を証拠立てることになった。幸二と優子は共犯と見做されたが、幸二は被害者に対する傷害の前科があるために、何ら情状酌量の余地がなく、死刑を宣告され、優子は無期懲役に処せられた。

幸二と優子は、のちに刑務所からそれぞれ和尚に手紙を出し、どうか三人の墓を並べて建ててくれるようにと懇願した。この願いはいかにも奇異に思われたが、和尚は直観によってこんな奇異な申し出の底に、いかに哀切な望みが巣喰っているかを洞察した。犯行前日に和尚へ写真を届けた真意は、ここにあったのかもしれないのである。

しかし逸平の墓はともかく二人の墓を更に並べるについては村の有力者の反対が甚だしかったので、和尚はゆっくりと時期を待った。昨秋ついに幸二が刑死した。今年の浅春になって、和尚は彼らの望みどおりに、すでに立っている逸平の墓の左隣りに優子の寿蔵を、その更に左隣りに幸二の墓を立てたのである。

私は和尚の案内でこのふしぎな三つの墓に詣で、許しを得て写真を撮った。私の心を見抜いたかのように、すると和尚はさりげなくこんな依頼を持ちかけた。墓の写真をまだ優子に送っていないのは、できれば和尚自身面会に行って届けてやりたいと思ったからであるが、なかなかその機を得ないので、私が代りに届けて来てはくれまいか、というのである。私はすぐさま快諾した。

こんな次第で、この夏の私の採訪旅行は意外に稔りの乏しいものに終った。心はいつも優子の面会へ走っていて、和尚にこの話をきいてからは、当面の研究に打込む余裕を失くしてしまったからである。

帰京してのち、夏休みもあと数日で果てようという時に、私はいよいよ栃木刑務所へ面会に行く日を今日と定めた。浅草から東武線の日光鬼怒川行に乗り込み、午後一時五十九分栃木駅に下り立った。

残暑のきびしい日で、駅玄関の古い軒には、やがて帰るけしきも見えず、数羽の燕がいそがしく出入していた。空の日はまばゆく、燕の飛翔は、投げられた礫のように目先をかすめ、駅前広場のがらんとした白い空白の上に落ちた。家々の軒は低かった。右手に商店街へゆく広い鋪道をふちどる貧弱な街路樹の緑が見えた。

どこの地方都市もそうであるように、不相応に大きなバスが威を示して何台も並んでいる。私は和尚に教えられたとおり、小山行というのに乗った。

丁度月曜であったので、あらかたの店は閉めている日ざかりの商店街を、バスは乏しい乗客を載せて走った。黒塀に赤い薔薇の懸崖を垂らした蕎麦屋もあった。道をゆく人影はほとんどなかった。単調な日光がしんしんと落ち、不機嫌な暑さに沈んでいる街の、街外れまでバスは一旦行って、そこで乗客を拾って引返し、商店街の中程の電報電話局のところで左折して無鋪装の道へ入った。

バスはひどく揺れた。

「次は刑務所前。刑務所前、お降りの方ありませんか」

と若い女車掌がちらと私の顔を見ながら言った。私はそこの女囚刑務所に身寄りの女を持つ面会人が、こんな場合感じるだろうような、面映ゆさ後めたさを感じる自分におどろいた。ここ数週間のあいだに、まだ見ぬ優子は、それほど深く私の心を占めていたのである。

バスは大きな破風を迫り出した寺院のような裁判所や、弁護士事務所や、差入屋の前をとおって、小さい石橋の袂に止った。橋詰を右折すると、十米幅の私道がまっすぐに刑務所の大門へ通じている。私道の両脇には桜並木があるけれど、まだ稚木である。所長や部長の官舎が左右に控え、その彼方は大谷石の高塀に囲まれている。ここにも全く人影が見られなかった。

バスを下りるとから、私はおびただしい小鳥の声に耳をおどろかされた。姿は見えないが、雀らしかった。裁判所の前庭をはじめ、このあたりには年長けた樹木が多いが、そればかりでなく、古い家々の見えない隈々に、囀る鳥たちが巣食っているように思われた。

私が近づいてゆく正面の刑務所は、大きな石の門柱に青い門扉を閉ざし、明治時代の建築らしい古い玄関の破風を際立たせ、黒ずんだ緑の檜の梢ばかりが門から抜きん出ていた。私は右のくぐり戸を入って、門衛の警務官に来意を告げた。

面会の申込みは、正面玄関の奥の庶務課でするのである。大きな銅の釘隠しを張った玄関の柱のわきを通って、ほのぐらい屋内へ入ると、受刑者たちの作業製品を容れたショウ・ケースがあった。帯留、ハンドバッグ、手袋、ネクタイ、靴下、スウェータア、ブラウスなどの品々である。

私は庶務課の窓口で面会申込書をもらい、収容者の名、用件、面会人との続柄などの欄に書き込みながら、ふとその棚の一隅に、見事な芙蓉の一輪差があるのをみとめた。刑務所にこういう床しい花があるのは意外であったが、私はこの花から、ここが女囚ばかりの刑務所であること、選りすぐられた煩悩の棲家であること、優子がたしかにこのほの暗い建築の奥にいることを、鮮明に感じとった。

私が和尚の代理人であり、教化の目的で墓の写真を届けに来たことなどを懇ろに記した和尚（今は彼が優子の保護者であった）の書状を、申込書に添えて窓口へさし出した私は、待合室で待っているようにと云われた。

私はふたたび眩ゆい戸外へ出て、門のすぐ内側の、小さな待合室へ入った。そこにも人はいなかった。麦湯の用意があったので、私は汗を拭い、一杯の麦湯を美味しく呑んだ。しかしなかなか私の名は呼ばれなかった。

どこも晩夏の日光のなかに寂として、この奥に大ぜいの女たちがひしめいているようではなかった。所在なさに壁の貼紙を眺める。それにはこう書いてある。

「一、三十分以上お待ちの方は受付係にお尋ね下さい。

一、親族または保護関係以外の方、十四歳未満の方は面会を御遠慮下さい。

一、受付で申し込んだ用件以外のことをお話しになったり、または外国語をお使いになることは御遠慮下さい」

私の面会は、ひょっとしたら許されないのではないかという危惧を私は感じた。私は一面識もない代理人にすぎず、面会所で何か物品を渡すことは禁じられている筈である。しかし和尚はここの所長と一二度会っており、その後たびたび文通もあり、信用が厚い筈である。私は灼けるような暑さの中で待った。蟬が啼いていた。幾多の幻影が錯綜して、失神するような気持になった。

ついに私の名が呼ばれた。

数間先の小屋の緑のペンキのドアから、白い半袖の夏の略装にズボンを穿いた婦人看守が、私を呼んでいた。近づく私に低声で口早にこう言った。

「あなたの面会はいろいろ条件が難かしかったのですが、特に許可になりました。お墓の写真は先に見せて下さいませんか」

私は自分の撮った三基の墓の写真を示した。婦人看守は簡単に検めて、こう言った。

「どうぞあなたから渡して上げて下さい」

そして私を面会所に招じ入れた。

面会所はわずか二坪の小屋であった。中央に壁に倚せたテーブルがあったが、下からひそかに物を手渡すような隙間を防いで、その脚は堅固な板貼りになっている。白いビニールのテーブル掛がこれを覆い、壁際に小さい白い花をつけた白粉花が活けてあった。カレンダー、低俗な薔薇の額画、などが壁にかけられ、開け放たれた窓はいずれも古い建物の壁に接して、風を通さなかった。テーブルの向うに二脚、こちらに二脚の椅子が向い合っていたので、私はこちらの端近に坐って待った。看守は窓のそばに立っていた。

部屋の奥にドアがある。素どおしの硝子の奥は暗いので、徒らに私の顔が映ってみえる。そのうちに戸のきしむ音がして、ドアの硝子にほのかに光りがさした。ドアのむこうにさらに場内へ通ずる扉があるらしい。

そこに白い顔があらわれ、ドアが大きく雑駁にこちらへあいた。

もう一人の婦人看守に伴われて、ワンピースのような青い半袖に、衿元は着物風に合せ、裾にはギャザをつけた夏の簡単着の優子があらわれた。そして私の顔を見ると、丁寧に初対面の挨拶をして、看守と共に私の向いに坐った。前の看守は、なお窓辺に立ったままであった。

うなだれた優子の顔を私はひそかに窺った。実に平凡な顔立ちだった。丸顔の大まかな顔がむくんだように肥り、肌は手入れが行き届いて白くこまやかだが、紅をつけない薄い唇は、顔の下半分を硬い線で区切っていて、それが顔立ちを卑しく見せている。眉は薄いけれど不分明にひろがっていて、瞼のきつく凹んだ感じがあらわになっている。おくれ毛一つなく髪を束髪に結い上げたのが、肥った顔を一そう重たいものにしている。体のそこかしこも放漫に肥り、半袖からあらわれた腕は、いかにも鈍重な感じがした。まず私に来た印象は、この女がもう決定的に若くないということであった。

私は写真をとり出し、和尚からの言づけを言い、私が代理でこの写真を届けた経緯を述べた。優子はその話のあいだも、うつむいたまま、何度も、ありがとうございます、と言った。声も私の空想とはちがっていた。

ついに優子は手をさしのべて、卓上の写真をとった。写真の両はじを指に支え、胸をかがめて、瞳がそこへ落ち込むようにじっと見入った。その見ている間が実に永かったので、私のほうが、看守の遮るのを惧れたほどである。

見終るとテーブルの上に置いて、又遠くから、名残を惜しむようにじっと見ていた。

「ありがとうございます」と優子は言った。

「これで安心して、安らかにおつとめができます。和尚さんに本当によろしくお伝え下さいましね」

優子の声はとぎれとぎれになり、ポケットから手巾をとりだしていそがしく双の目にあてて、こう言った。

「こうしていただけば安心ですわ。本当に私たち、仲が好かったんでございますよ。私たち三人とも、大の仲好しでした。これ以上の仲好しはないほどでした。わかっていただけますわね。和尚さんだけが御存知でした。ね、わかっていただけますわね」

——やがて看守が、面会時間の尽きたことを告げたので、優子は涙ながらに何度もうなずきながら、手札型の写真をポケットに納め、濡れるのを気づかって、ハンカチは手に持った。

私の耳に近くの蟬の声が苛立たしく高まった。優子は立上って、私に深く一礼して、看守のあけるドアのむこうへ入った。硝子ごしになおその青い簡単着の姿と襟足が見えた。襟足の白さが一瞬くっきりと、揺れる硝子の彼方に立ち迷った。しかし奥の扉があけられて、閉ざされると、優子の姿は私の視野から立去った。

――一九六一、五、一六――

解説

田中美代子

音楽や絵画を解説しても何ものも伝えたことにならないのと同様に、小説の世界をいかに解説しようとしても、それは無駄な骨折りである。だが文学――特に小説――ではそれが可能であるかのような錯覚をもたされているのは奇妙なことだ。作品の梗概・背景・思想……それらが一体何を伝えたことになるだろうか。

文学は文体によってしか伝達され得ない、というのが『獣の戯れ』の作者の頑固な信念なのであって、作品はあらゆる夾雑物の介入を許さない。作品自体が唯一の解答である。読者はよろしく文体の魅力を味わわれるがよい。

はじめから、何故こんな邪慳なものいいをしなければならないか、というと、何よりもこの小説自体がそれを主張してやまないからである。この小説はおせっかいな解説屋などが、ストーリーの要約や、もっともらしい思想の説明でお茶を濁すことができないようにちゃんと仕組まれているのである。これはいわば解説を峻拒するために作られたような小説であろう。
作者自身が理解不可能な謎に苦しめられているとすれば、それをそのまま作品として提出し、いつも楽天的な理解者たちの裏をかくのは、孤独者の復讐ではないだろうか。

この小説がいかに単なる姦通小説のようにみえようと、読者はすでにこれが当り前の小説ではないことに気づかれているにちがいない。なぜならこの小説の筋はわけのわからない結末をもって終りをつげているからだ。実際、この小説の発端から結末に到るそのいきさつほど不可解なものはあるまい。

幸二は、ほんのちょっとしたゆきがかりから、何か知られざる糸に操られるように——いわば失われた愛を求めて、ずるずると破滅の淵にはまりこんでゆくのである。

ほんのちょっとしたゆきがかり……作者は例えばそれをこんな風に説明している。

「スパナはただそこに落ちていたのではなく、この世界への突然の物象の顕現だった。打ち見たところ、伸びた芝生とコンクリートの自動車路との丁度堺のあたりに、半ば芝草に埋もれて横たわっていたスパナは、いかにも自然な、そこにあるべきような姿をしていた。だがこれは見事な欺瞞で、何か云いようのない物質が仮りにスパナに化けていたのにちがいない。本来決してここにあるべきではなかった物質、この世の秩序の外にあって時折その秩序を根柢からくつがえすために突然顕現する物質、純粋なうちにも純粋な物質、……そういうものがきっとスパナに化けていたのだ。（後略）」
（傍点は解説者）

たった一個のスパナについての、この執拗(しつよう)な説明は一体何事であろう。むろんこれは作者が、スパナという偶然事が必然事となるいきさつについて云いくるめているのであり、このときスパナは物語の展開の鍵(かぎ)に変貌(へんぼう)するのであるが、とすれば、それはどんなものでもよかった筈(はず)である。コップであろうと、マッチであろうと、ハンカチであろうと、ひな菊であろうと、それが何かただならぬ意志の顕現であり、あるひそかな悲劇の啓示となりさえすれば……。

幸二はこうして、あらかじめ悲劇の素材になるものばかりを身のまわりにひろい集める。彼は「不幸な優子」の話をきいただけで、「まだ見ないうちに」彼女を恋したりする。すると、これはいわば悲劇をさがしあてようとする幸二の意志だけに導かれてゆく小説であることが理解されるだろう。この物語の構成は、幸二の夢想とその実現のための強引な行為だけにかかっている。つまり幸二の存在は物語をつくりだしてゆく作者の作業と二重うつしになっているといえるだろう。

そしてもしも愛(エロス)が了解不可能なところにしか存在しないとすれば、幸二が執拗な追求の果てにその正体をたずねあぐね、ついに出口のない迷宮にふみこんでしまう事情も理解されるだろう。永遠の迷宮とは、即ち死にほかならない。彼にとりついたのは、いわば愛のうらにぴったりとはりついている死の狂気ともいうべきものである。

それなら、これが不可解な小説であるのも不思議はない。作者の計算は、あらかじめ永遠にxの残る方程式をたてることにあったと思われる。

読者は逸平、優子、幸二が、王、王妃、王子（あるいは騎士）という古典悲劇の登場人物さながら、無理無体に死に向って突入するいきさつを見られるだろう。そこに合理主義的な説明の余地があろうとは思われない、ただ瞬時に崩壊する愛の幻影こそ死の誘いであり、それのみが悲劇の高揚なのだ、ということをのぞいては。作者はだから周到な用意によって、説明を回避すべく逸平を失語症という永遠の謎にとじこめたのだ。

実際、幸二が逸平の口から「死にたい」という言葉を本当にきいたのかどうか、などということは誰にも保証できはしないのである。ただわかっているのは、「死」は確実に幸二によって逸平の抱懐する無の深淵からひき出され、たちまち優子の心にも伝染したことだ。彼らはこうして、死によって愛の共同体をつくりあげた。彼らは内なる無から生れ出で、たがいに触発しあう暗い奔流にうながされて、手に手をとって、奈落に身をおどらせるのである。つまり幸二は、合理的な解釈では決して説明され得ない何ものかへの献身、その存在証明のためにのみ死をえらんだのだ。いわば欠落した悲劇の原理の復活のために。

彼らにとって、そのときこそ愛の空虚、連帯の不毛、人間の孤立、などという時代病は完全に克服されたのだ。それらのおろかしいテーマは、個体の消滅による歓喜の原理、即ち悲劇の復活によって克服されるのではないか？　この物語の発端の逸平の無気力と堕落は、「理智の頽廃と敗北」、即ち現代文明の病弊の明白な寓意であるように思われる。休みないお喋りや、騒々しいスローガンや、作為的甘言などなどがはびこって、人々がますます孤立におちいり、連帯の不毛をかこっている時代に、人はどのようにして、愛を回復することができるだろうか？

作者は一つの解決策を提示しているのだ。私たちは、根源の生命の秘密——死の願望——によって、つまり沈黙によって、連帯を回復し得るだろう、と。作者は、そしてこの理解のための言葉を失った人間たちを、清潔な比喩で「獣」と呼ぶのである。作者は、当節はやりのおためごかしの連帯の幻影をすべて打ちくだく。が、孤立に悩んでいる暇などないだろう。彼は自らの内なる深井戸を通じて、地下水を掘りあてるように、人々の内奥をみたしている血の共同体をさぐりあてるのだ。

三島由紀夫が「肉体の信者」であることはよく知られているが、彼は人々の肉体の同一性――この確固たる明証――を信ずるように人々の無意識の同一性を信ずる。そのときこそ彼は、個体の否定による全体への融合、合一という主題を獲得したのだ。

だが、作品の困難は実にこの地点から存在しはじめるのだといってよい。欠落した悲劇の原理は、作者にとっては二重の悲劇を招来する。作者はいわば「失語症の言葉」ともいうべきものを発明しなければならない。私たちは当然の事ながら、いまだ深層意識のための共通語などというものを持ち合せない。（あるいは忘れてしまっている）。そのために作者の採用する方法は、この「不可解なもの」を、比喩によって暗示することであるが、おかげで、この小説の筋も構成も言葉も、すべてが象徴と化さざるを得ない。啓示はいつも隠喩で語られるものだ。刑務所の砂時計や洋蘭やウクレレや蟻やねずみの死骸などなど丹念に描きだされる何気ない様々な物象が、それぞれいわば禁じられた言葉の代替物であるのを人は見ないであろうか。比喩は実に言葉の魔術の精髄である。それは目にみえぬものと現象とをつなぐ橋なのだ。

右のような理由によって、この作品は「物語」とよばれるにふさわしく、近代的な意味のいわゆる「小説」とはかけはなれてみえる。ここで私たちは、近代小説特有の性格描写にも心理描写にもおめにかかることはできない。それらはいずれも行詰りにきた近代小説の弊害なのだといえよう。童話がすべて隠喩と象徴の森であるように、この物語は、リアリズム小説の概念から自由にならなければ解明されない。私たちは、魔法を解く童話の主人公の要領で、この作品に仕掛けられた様々な詐術、様々な迷路、様々な罠をくぐりぬけてみるとよい。

　例えば次の文章の中に、私たちは、単なる現実の移植、忠実なリアリズムの手法とは別のものを読みとらないだろうか。

「定次郎の丸刈りの胡麻塩頭は、どんな直射日光にもよく耐えた。それが感じやすい合歓の葉の繊細な影の下に在るのは、いかにも不似合で、この老人に幸二がひそかに夢みていた苦悩の免疫性を裏切るかのように思われた。日光に鞣された顔の深い皺も、以前は何ら苦悩の影を含んで見えることがなかったのに、今では却って、あまりにあからさまな、無礼なほど露骨な苦悩を語っているように眺められた。きっとそれがあんまり露骨すぎたので、今までは苦悩のしるしと見えなかったのだ。丁度船の吃水線が飾りとしか見えないように。」

　この老漁夫は、この時もはや得体の知れぬ一体の怪神の像に変貌している。

　作者の筆のフィルターに漉されると、現実がどのように変容してしまうものか、その見事な実例を、私たちはこの物語全体の存在理由とさえ思ってよい。確固たる現実が、その実在性を剝奪されて幻と化してしまう経緯、平凡な街の風景がことごとく幽鬼の街と化する経緯、日本の貧しい漁村が時空を絶した別世界に変貌する経緯を、私たちはその文体の魔力のうちにみることができるだろう。

同様に作者は、アルバイト学生や、銀座界隈を出入りする遊び人や、その有閑夫人といった三文小説なみの卑俗な登場人物たちを、高雅な悲劇の容器にしてしまうのである。

草ぼうぼうの廃墟からたちのぼる夢の如き物語の体裁や、登場人物たちの顔の描写などに、私たちは明らかに能の痕跡をみとめるであろう。一人のアマチュアの民俗学者が、遠い祖先の忘却の森をたずねて遭遇するこの物語に、作者が伝説、あるいは神話の世界のアナロジーを想定しなかった筈はない。そこに私たちの失われた魂の故郷があり、私たちはそこにこそ詩の核心を見出すことができるだろう。

破壊され、侵された文化に生きる私たちが、私たちの深い無意識の文化共同体の基盤を、遠い埋もれた伝説の創造に求めるのは、血の復権の欲求ではないだろうか。

なおこの作品は、昭和三十六年六月十二日号から九月四日号まで十三回にわたって『週刊新潮』に連載され、同年九月に新潮社から単行本として出版されたものであるが、本来は書き下ろし小説シリーズの一巻として書かれ、『仮面の告白』『愛の渇き』『潮騒(しおさい)』『鏡子の家』についで、三島由紀夫の書き下ろし小説の五番目の作品である。

(昭和四十一年七月、文芸評論家)

この作品は昭和三十六年九月新潮社より刊行された。

獣(けもの)の戯(たわむ)れ

新潮文庫　み-3-12

昭和四十一年七月十日発行
平成二十七年三月二十日五十五刷改版
令和三年十二月二十五日五十九刷

著者　三島(みしま)由紀夫(ゆきお)

発行者　佐藤隆信

発行所　株式会社新潮社
郵便番号　一六二―八七一一
東京都新宿区矢来町七一
電話　編集部(〇三)三二六六―五四四〇
読者係(〇三)三二六六―五一一一
http://www.shinchosha.co.jp

価格はカバーに表示してあります。

乱丁・落丁本は、ご面倒ですが小社読者係宛ご送付ください。送料小社負担にてお取替えいたします。

印刷・錦明印刷株式会社　製本・株式会社植木製本所

ISBN978-4-10-105012-6 C0193